Frontiere Einaudi

Titolo originale ポートレイト。イン。ジャズ (*Pōtoreito in Jazu*)

www.einaudi.it

ISBN 978-88-06-21705-1

Murakami Haruki
Wada Makoto

Ritratti in jazz

Traduzione di Antonietta Pastore

Einaudi

Ritratti in jazz

Prefazione

Ho iniziato ad amare il cinema quando facevo le medie. All'epoca vidi un film, *Venere e il professore*, in cui Danny Kaye interpreta un insegnante, sgobbone e sempre chiuso in una torre d'avorio a studiare musica classica, che un bel giorno scopre il jazz e impara ad amarlo ascoltandolo dal mattino alla sera, uscendo cosí dal suo isolamento.

Quella commedia, forse, è stata per me la porta d'accesso al jazz. Perché l'accompagnamento musicale era affidato a Benny Goodman, Tommy Dorsey, Louis Armstrong, Lionel Hampton e altri ancora, tutti musicisti di prim'ordine che anche un profano come me poteva apprezzare.

Per questo motivo mi sono avvicinato al cinema e al jazz quasi contemporaneamente. Prima ho familiarizzato con lo *swing*, che spesso fa parte della colonna sonora dei film, poi, risalendo il tempo, sono arrivato al jazz delle origini. Non potevo però ignorare il jazz piú recente, e il *bebop* nato da poco.

Quando frequentavo l'università, Thelonious Monk e Miles Davis erano già dei grandi, Satchmo[1] e Duke Ellington suonavano con regolarità, e George Lewis e Kid Ory erano ancora in gran forma. Insomma, ascoltavo jazz di epoche e di generi diversi.

È cosí che sono diventato grande. Tuttavia, benché amassi la musica, non ne ho fatto il mio lavoro: ho deciso di diventare illustratore. Ogni tanto tengo un'esposizione.

[1] Soprannome di Louis Armstrong.

Lo faccio per il semplice motivo che in una mostra personale si può scegliere liberamente il tema, al contrario di quanto succede di solito nel mio mestiere. In queste occasioni mi capita spesso di adottare come fonte d'ispirazione un film o un brano musicale che amo particolarmente.

Il titolo della personale che ho tenuto nel '92 era *Jazz*. Ho scelto venti musicisti jazz e li ho ritratti. Questi disegni hanno colpito Murakami Haruki, che ha deciso di scrivere un testo per ognuno di essi. Nel '97 ho fatto un'altra mostra, *Sing*, dedicata ad altri musicisti jazz. I loro ritratti, insieme ai precedenti, sono stati riuniti in un unico volume.

La passione di Murakami Haruki per il jazz è ben piú profonda della mia. Le opere che ho esposto nelle due mostre hanno preso ognuna la propria strada e si sono disperse per il mondo, ma grazie ai testi di Murakami, i musicisti raffigurati hanno potuto ritrovarsi tutti insieme nello stesso luogo. Ne sono molto felice.

WADA MAKOTO

I due volumi di *Portrait in Jazz* riuniti in questo libro – che ho pubblicato insieme a Wada Makoto – sono stati creati esattamente con lo stesso stile e lo stesso metodo: prima Wada ha selezionato dei musicisti e ne ha fatto il ritratto, poi io vi ho aggiunto un testo.

Ammetto sinceramente che non trovo questo genere di lavoro particolarmente faticoso. Ad esempio, se a un certo punto penso: «Be', oggi magari scrivo qualcosa su Clifford Brown», prendo da uno scaffale un po' di album suoi che non sentivo da tempo, li metto sul piatto del giradischi (sí, ho solo vecchi Lp in vinile, ovviamente), mi piazzo nella mia solita poltrona e lascio che la musica mi riempia le orecchie. Poi mi siedo alla scrivania e raccolgo in un testo della lunghezza opportuna tutte le idee che mi vengono in mente. Il fatto che il mio studio sia al tempo stesso anche una sala d'ascolto in questi casi si rivela estremamente utile.

Nello studio uso soprattutto delle vecchie e grandi casse della Jbl di tipo Back Loaded Horn – sono piuttosto antiquate, lo ammetto – e a pensarci bene sono già venticinque anni che la musica jazz per me ha il loro timbro. Di conseguenza, bene o male che sia, ormai non riesco a immaginarla con un suono diverso: il mio corpo si è completamente assuefatto alla loro vibrazione. Mi rendo conto che al mondo ci sono tanti modi migliori di ascoltare il jazz, ma io preferisco farlo cosí, rannicchiato come una talpa in questa confortevole tana.

La mia visione del jazz è molto simile, molto vicina a questo particolare suono, cioè è la mia visione individuale, personale. Credo che non evolva quasi. E dato che la nostra memoria per lunghi periodi gira sempre intorno agli stessi punti focali, finiamo col perdere di vista il corso degli eventi.

Di conseguenza, se qualcuno di voi non fosse d'accordo con le mie osservazioni sui musicisti jazz presi in considerazione qui, non dia troppa importanza alle mie parole. Semplicemente mi sono divertito ad ascoltare dei brani musicali, e poi a scriverci qualcosa sopra. Se la cosa funziona e riesco a farvi sentire quella sorta di calore che provo nella mia tana, nulla potrebbe farmi piú piacere.

MURAKAMI HARUKI

Chet Baker

La musica di Chet Baker aveva un inconfondibile profumo di giovinezza. Molti sono i musicisti che hanno impresso il loro nome sulla scena del jazz, ma chi altri ci ha fatto sentire con tanta intensità il soffio della primavera della vita?

Nel suo modo di suonare c'era qualcosa che faceva nascere in petto un ineffabile, lancinante dolore, delle immagini e dei paesaggi mentali che soltanto la qualità del suo suono e il suo fraseggiare sapevano trasmettere.

Purtroppo però perse in breve tempo questa particolare facoltà. Senza quasi che ce ne accorgessimo, il suo splendore venne inghiottito dalle tenebre, come la bellezza di una notte di piena estate. E il degrado a cui inevitabilmente conduce l'abuso di droghe gli piombò addosso come un debito andato oltre la data di scadenza.

Baker assomigliava a James Dean. Gli assomigliava nei tratti del viso, ma anche nella natura carismatica e al tempo stesso distruttiva della sua esistenza. Entrambi divorarono voracemente un pezzo della loro epoca, e il nutrimento che ne trassero lo donarono con grande generosità al mondo, senza trattenerne nulla. Forse quel che dico è terribile, ma fu questa la tragedia di Chet Baker.

La sua rinascita e la sua rivalutazione degli anni Settanta per me hanno costituito ovviamente una gioia, ma in fondo l'idea che io ho di Baker e della sua epoca rimane ancorata al periodo di mezzo degli anni Cinquanta, ai tempi della West Coast, quando le sue spontanee e vivide

M. Wada '92

performance facevano esplodere fuochi d'artificio dentro l'ascoltatore.

Le prime famose esecuzioni di Chet Baker risalgono a quando suonava con il Gerry Mulligan Quartet, ma anche quelle del suo quartetto personale furono magnifiche. Questo disco da dieci pollici della Pacific Records – *Chet Baker Quartet* – è una registrazione del primo periodo, e nella qualità del suono e dei fraseggi – croccanti, ingenui fino a risultare quasi maldestri – ha qualcosa di commovente. Quanto al tocco originale del pianista Russ Freeman, frizzante e secco, arrichisce di un sottofondo brillante il suono filato della tromba di Baker.

Nelle performance che registrò insieme al suo quartetto, dietro alla facciata briosa e serena si avverte una sfumatura di solitudine assorta. Il suono non vibrato perfora l'aria in linea retta, poi svanisce nel nulla, in modo quasi prodigioso. Il canto viene assorbito dalle pareti che ci circondano prima ancora di riuscire a prendere corpo.

Quanto alla tecnica di Baker, che non si sforza di raffinare la sua arte, non si può dire che sia particolarmente ricercata. Le sue esecuzioni sono incredibilmente aperte e schiette. Tanto che finiamo col temere che a un certo punto la musica precipiti, che si spezzi di colpo. È un suono infinitamente coraggioso il suo, infinitamente patetico. È possibile che non abbia la profondità necessaria a raccontare la sua epoca. Ma è la mancanza stessa di profondità a farci vibrare il cuore. Assomiglia a qualcosa di cui abbiamo fatto esperienza. Vi assomiglia terribilmente.

CHET BAKER (1929-1988)

Nasce in Oklahoma; nel '52 entra a far parte del quartetto del sax baritono Gerry Mulligan. L'anno seguente si dissocia e forma un proprio quartetto. Tromba *cool* e lirica, vocalist di sesso ambiguo, diventa un'icona del jazz della West Coast. Nel '60 si ritira per un lungo periodo e nel '73 fa un atteso rientro. Nell'88 suona in *Let's Get Lost*, un documentario sulla sua vita, ma muore in Olanda prima che il documentario esca nelle sale.

Chet Baker Quartet (Pacific Jazz PJLP-3).

I dischi citati nel testo, incluso il numero, sono Lp di proprietà dell'autore (Murakami).

Benny Goodman

Dal nostro punto di vista attuale, l'mmagine di Benny Goodman, il re dello *swing*, è quella di un musicista alquanto conservatore e dotato per gli affari, ma in realtà fu il primo a infrangere la regola che vigeva allora nel mondo della musica, e cioè che bianchi e neri non suonassero in una stessa band. Prese con sé il vibrafonista Lionel Hampton, il pianista Teddy Wilson e il chitarrista Charlie Christian, attirandosi cosí le aspre critiche dell'ambiente, cosa di cui peraltro non si dava cura. Tale era la sua lealtà nei confronti della musica! Avrebbe assunto anche una sirena, se fosse stata in grado di produrre un suono splendido, dell'autentico *swing*.

Piú che il colore della pelle dei musicisti, la cosa che gli stava a cuore era dare nuovo respiro alla sua band, metterla in grado di lavorare in modo piú stimolante. Tuttavia, nel suo ultimo periodo, quando assunse quei modernisti puri che furono Zoot Sims e Phil Woods, ne perse effettivamente il controllo, provocando rimostranze da parte degli altri membri della band. Il resoconto dettagliato di questa storia si trova in *Jazz Anecdotes*, del bassista Bill Crow. A ogni modo, nei dischi che quella rumorosa ed eclettica formazione ci ha lasciato, abbiamo performance piene di fascino, prova che Goodman con il suo metodo riuscí nel suo intento.

Detto ciò, di tutte le sue esecuzioni, quelle che sono diventate celebri e sono rimaste impresse in un angolo del nostro cervello, perlopiú vennero registrate dalla metà de-

M. Wada 92

gli anni Trenta alla metà degli anni Quaranta, nessuno lo potrà negare. Tutte le cose che Goodman incise in quell'età dell'oro sono magnifiche, ma in particolare quelle che si avvalsero degli arrangiamenti scritti per lui dal giovane e talentuoso Eddie Sauter (che all'epoca aveva venticinque o ventisei anni) hanno un'originalità, una peculiarità che le rende uniche: allontanandosi un poco dal gusto del futuro «re dello *swing*», ci danno una sensazione di seducente freschezza. La personalità dolce e *swingy* di Goodman si fonde mirabilmente con il temperamento intellettuale e duro di Sauter, e la musica che ne risulta raggiunge un livello molto elevato, pur restando estremamente piacevole.

Anche il grande Goodman avrà sentito lo stimolo degli arrangiamenti ambiziosi di Sauter. Ad esempio, il suo assolo al clarinetto in *Moonlight on the Ganges* ha una tonalità moderna quasi all'avanguardia, e un vigore che non si può semplicemente etichettare come «gradevole jazz vecchio stile». Goodman stesso era ancora piuttosto giovane, e a suo modo ancora affamato. Naturalmente le sue appassionate performance live al celebre Carnegie Hall sono stupende, ma hanno un lato che può anche venire a noia. Se questo è il vostro caso, vi conviene ascoltare il disco *Benny Goodman presents Eddie Sauter Arrangements*.

Le performance di Goodman con l'arrangiamento di Eddie Sauter purtroppo (o forse dovrei dire ovviamente) non ottennero un grande successo di pubblico, ma Sauter anni dopo si assocerà a Stan Getz per dare al mondo quel capolavoro di bellezza che è *Focus*.

BENNY GOODMAN (1909-1986)

Nasce a Chicago in una famiglia ebrea. Fin dall'età di dieci anni familiarizza con il clarinetto, e si fa i muscoli suonando con diversi musicisti. Negli anni Trenta forma la sua big band, diventando il principale protagonista dello *swing*. Soprannominato «King of Swing», nel 1938 ottiene il primo grande successo di un concerto jazz al Carnegie Hall, dove solitamente si suonava musica classica. Goodman è anche noto per aver lavorato, senza fare discriminazioni, con musicisti bianchi e neri.

Benny Goodman presents Eddie Sauter Arrangements (Columbia CL-523).

Charlie Parker

I musicisti che suonarono nell'Lp *Bird and Diz* erano una congrega sorprendente. Dizzy Gillespie e il basso Curley Russell avevano la mano ragionevolmente sicura. Il produttore Norman Granz portò però con sé il batterista Buddy Rich, mentre Bird (Parker) fece entrare il pianista Thelonious Monk, che all'epoca era senza lavoro. Messi insieme, formavano un quintetto del tutto privo di coerenza.

Rich all'epoca aveva un successo straordinario, era il numero uno, picchiava sulla sua batteria con una tecnica brillante e chiedeva compensi da capogiro. Peccato che Monk, il quale non aveva né successo né lavoro, non capisse quello stile d'avanguardia e facesse quello che gli pareva. Com'era prevedibile, i loro stili non si combinavano affatto. Ognuno si atteneva al proprio senza preoccuparsi dell'altro, anzi, Rich dava l'impressione di chiedersi cosa diavolo stesse facendo Monk, e viceversa.

Mi domando di cosa avranno mai parlato il giorno in cui si incontrarono nello studio, difficile immaginare una loro conversazione. Ovviamente è soltanto una mia fantasia, ma può darsi che anche per carattere non andassero affatto d'accordo. Dopo quella volta, perlomeno per quanto ne so io, non mi pare si siano piú incontrati.

La prima volta che ho sentito questo disco, ho pensato con rammarico che avrei preferito che alla batteria ci fosse stato Max Roach oppure Kenny Clarke. Il piano di Monk incalzava con il mordente di una tenaglia nuova di zecca (di assolo purtroppo ce n'erano pochi, ma era comunque

M. Wada 92

un accompagnamento di eccezionale bravura), ma l'esecuzione chiassosa di Rich, che nella sua concezione dello *swing* non sembrava fare il minimo sforzo, mi deludeva.

Tuttavia di recente, riascoltando il disco, stranamente ho dovuto ammettere che comunque la si rigiri, la performance di Buddy Rich è magnifica. L'impressione che sia chiassosa rimane invariata, ma, forse perché nel frattempo sono invecchiato, ho capito che ciò che conferisce una piacevolezza particolare a questa *session* è proprio l'eccessività di Rich. E ciò che fa risaltare il senso dell'orientamento del piano di Monk, che procede da solo per la sua strada, ebbene, è sempre la batteria scatenata e irriflessiva di Rich. Se al suo posto ci fossero Roach o Clarke, risulterebbero troppo rigidi e di conseguenza fuori tono. Col risultato che l'esecuzione di Parker non ci parrebbe certo la sua migliore.

La batteria di Rich è rumorosa, è vero, ma se ascoltate con attenzione, si capisce che non dà fastidio agli altri musicisti. Perché nei passaggi importanti Rich, malgrado fosse un musicista dal successo strepitoso, smorza intenzionalmente il suono. Da questo possiamo dedurre che Granz, come direttore, aveva un talento e un occhio rari. Basta sentire i piatti all'inizo dell'introduzione in *Bloomdido* per convenirne. Non siete d'accordo?

Avevo intenzione di scrivere su Charlie Parker, e ho finito per parlare quasi solo di Buddy Rich.

CHARLIE PARKER (1920-1955)

Nato in Kansas, nel 1942 entra a far parte di una band in cui suona anche Dizzy Gillespie, e diventa uno dei principali personaggi del *bebop*, il nuovo stile che dà inizio al *modern jazz*. Sassofonista geniale che esprime con una tecnica superiore l'affluire delle idee e il sentimento poetico, instaura nel jazz la consuetudine dell'improvvisazione. Il suo soprannome era «Bird». La sua breve esistenza, sulla quale circolano diverse leggende, fu segnata dall'uso smodato di droghe e di alcol.

Bird and Diz (Verve MGV-8006).

Fats Waller

Dei tanti brani meravigliosi composti da Fats Waller, prediligo *Jitterbug Waltz*.

È un pezzo composto molto tempo fa, nel lontano 1942, ma poiché si tratta di una melodia dal pattern musicale anomalo – una melodia che salendo e scendendo di continuo sembra prendere in giro tutti –, e inoltre usa a profusione accordi singolari, piú la si ascolta, meno si comprende se sia una musica nuova o antiquata, semplice o complessa, seria o leggera. La cosa strana tuttavia è che ti resta nelle orecchie. Sei nella tua cucina, e ti rendi conto che stai canticchiando *lali, lali, lali, lali*...

Intendiamoci, questa è solo una mia impressione personale, estrema, non generalizzabile, ma quando ascolto questo brano ho l'impressione di ritrovare in un angolo remoto del mio cuore, con un senso di nostalgia, un paesaggio che ho visto molto tempo fa, da qualche parte... Questa melodia cosí rilassante mi riporta alla memoria, ad esempio, ricordi di quando ero bambino.

Forse sembrerà un paragone strampalato, ma l'impressionante introduzione all'organo di Ray Manzarek in *Light My Fire*, dei Doors, mi fa sempre tornare in mente *Jitterbug Waltz*. Ad ascoltare bene, naturalmente si tratta di due generi di musica del tutto differenti, ma sembrano avere in fondo un punto in comune, perché possiedono entrambi un qualcosa di sospettosamente unico, pur riuscendo a dare una sensazione di notevole gradevolezza. Sí, forse si potrebbe definire un «paesaggio primordiale». La buffo-

m. Wada 92

neria che ha messo una maschera di serietà, la serietà che ha messo una maschera di buffoneria. Per spingere le considerazioni all'estremo, può darsi che ci porti fino al mondo di Edgar Allan Poe e di Kurt Weill. Ma a inoltrarci su questa strada, il discorso si farebbe troppo lungo.

È un brano che ho spesso sentito al piano suonato dallo stesso Waller, ma mi piace anche nell'esecuzione di altri musicisti.

Quella che fa parte dell'Lp *Legrand Jazz* è distaccata ed elegante, veramente una splendida performance di quella persona raffinata che è Michel Legrand, ma personalmente ascolto piú volentieri l'esecuzione sobria del sax alto Herb Geller nel famoso album *Fire in the West* (della Jubilee Records). Kenny Dorham e Ray Brown, arrivati per caso dall'Est Coast nel giro dei musicisti della West Coast, sono elementi aggiunti, ma qui la presenza di Dorham è molto forte: apparentemente sembra che non faccia nulla di speciale, ma basta che ci sia lui sulla scena, ed ecco che l'atmosfera si fa piú frizzante, e il jazz diventa quello dei musicisti neri. Pare che Dorham sia dotato di questa innata virtú musicale. Come una seconda base di talento nel baseball: un bel passaggio, una bella presa fatti in modo naturale mandano in visibilio lo stadio.

Quella di Geller è un'esecuzione dall'atmosfera rilassata e amichevole, eppure capace di far sentire veramente lo spirito del jazz, l'anima della melodia originale di *Jitterbug Waltz*. È un disco che ho ascoltato e riascoltato infinite volte.

FATS WALLER (1904-1943)

Nato a New York, inizia a suonare il piano a sei anni, e a quindici vince un concorso per musicisti dilettanti. In seguito prende lezioni regolari da James P. Johnson, celebre pianista di Harlem. Nel '22 pubblica il primo disco. Compositore eccezionale, insieme al paroliere Andy Razaf comporrà canzoni famose quali *Honeysuckle Rose* e *Keepin' Out of Mischief Now*. Al tempo stesso avrà una grande influenza come pianista di stile *stride*.

Herb Geller Fire in the West (Jubilee JGM-1044).

Art Blakey

Il mio primo incontro con il *modern jazz* avvenne al concerto *Art Blakey and the Jazz Messengers*, del 1963. Il luogo era la città di Kōbe, io andavo alle medie e quanto al jazz, non sapevo nemmeno che genere di musica fosse. Ma per qualche misteriosa ragione mi incuriosiva, cosí mi procurai un biglietto e andai al concerto. All'epoca accadeva talmente di rado che un famoso musicista straniero venisse in tournée in Giappone! Ne parlavano tutti, cosí decisi di provare. Ricordo che era una fredda giornata di gennaio.

Dei membri del sestetto di nuova formazione, i giovani Freddie Hubbard, Wayne Shorter e Curtis Fuller occupavano la parte anteriore del palco: a pensarci adesso, era una *line up* straordinaria che fotografava bene l'epoca, ma allora non lo potevo capire. La *rhythm section* comprendeva lo stesso Blakey, Cedar Walton e Reggie Workman. Il vocalist, che fece solo una breve apparizione, era Johnny Hartman. Quella sera compresi veramente la musica che sentivo? Forse era un po' troppo difficile per me. In quel periodo ascoltavo soprattutto rock and roll, sia alla radio che sui dischi, al massimo arrivavo a Nat King Cole, quindi il mio livello musicale era evidentemente diverso. Quella volta sul palco vennero suonate *It's only a Paper Moon* e *Three Blind Mice*. Conoscevo già entrambe le canzoni, ma nell'esecuzione dei Jazz Messengers erano molto lontane dalla melodia originale. Non riuscivo a capire perché la melodia dovesse venire spezzata e stravolta in modo cosí totale, non ne comprendevo la ragione, il criterio fonda-

M. Wada

mentale e la necessità. Insomma, il concetto di improvvisazione non esisteva negli scomparti della mia conoscenza.

Eppure c'era in quel concerto qualcosa che mi colpí, che mi commosse. «Non riesco a comprendere bene quello che ho davanti agli occhi, ma è qualcosa che racchiude per me nuove possibilità», questo provavo istintivamente. Forse perché la musica in sé era perfetta, era protesa verso il futuro, e perdipiú estremamente spirituale.

A conquistarmi in quell'occasione, penso sia stata soprattutto la tonalità. La tonalità che riuscivano a produrre quei sei musicisti pieni di vigore era suggestiva, provocatoria, misteriosa... e nera. Non so perché, ma il colore di quel suono era nero, lo percepivo cosí. Ovviamente c'era la ragione reale che i sei musicisti sul palco, dal primo all'ultimo, erano neri. Ma non si trattava solo di quello. A evocare in me il colore nero era la tonalità stessa della loro musica. Non un nero assoluto, tuttavia, un nero profondo cui si mescolava un po' di cioccolato... Tornai a casa come in trance, completamente permeato, volente o nolente, di quel colore.

Poco dopo quel concerto acquistai un disco un po' datato di Blakey, e lo ascoltai piú e piú volte. Era un disco di blues edito dalla Fontana, *Les Liaisons Dangereuses*. Ancora oggi, quando lo ascolto, riesco a rivivere intensamente un certo ambiente di una certa epoca. Il *background*, ovviamente, è nero.

ART BLAKEY (1919-1990)

Nasce a Pittsburgh. Nel '40 entra a far parte dell'orchestra di Billy Eckstine, in seguito lavora con musicisti del livello di Charlie Parker. Nel febbraio del '52 suona al jazz club Birdland insieme al quintetto di Horace Silver. L'anno seguente fonda con lui i Jazz Messengers, con i quali lavorerà, cambiandone via via i membri, fino alla morte. Batterista dotato di grandezza d'animo e delicatezza, come bandleader promosse e fece conoscere al mondo diversi giovani di talento.

Les Liaisons Dangereuses (Epic LA-16022).

Stan Getz

Stan Getz era una persona molto emotiva, turbata da gravi problemi, la cui vita non si può certo definire tranquilla e serena. Aveva un ego grande come una casa, l'animo corroso da eroina e alcol, e fin da quando fu in grado di ragionare condusse un'esistenza delirante, senza mai conoscere periodi di sicurezza o di calma. Nella maggior parte dei casi faceva del male alle donne intorno a lui, si stancava degli amici e li abbandonava.

Tuttavia, anche se avesse vissuto in mezzo ai ghiacci dell'estremo Nord – tanto per fare un esempio –, la sua musica, che era come il battito d'ali di un angelo, non avrebbe mai perso quella dolcezza che stregava. Appena saliva sul palco e prendeva in mano il suo strumento, creava un mondo di dimensioni fantastiche. Proprio come lo sfortunato re Mida, trasformava in oro lucente tutto quello che toccava.

Sí, nel cuore della musica di Stan Getz c'era una melodicità d'oro lucente. Poteva improvvisare in qualsiasi modo, o suonare in *up-tempo*, ma il brano aveva sempre un naturale splendore. Usando liberamente il suo sax tenore al pari di corde vocali dotate di un soffio divino, filava un canto senza parole colmo di vivida gioia. Nel firmamento del jazz, i sassofonisti sono numerosi come le stelle. Ma nessuno come Stan Getz sapeva levare una voce tanto struggente senza mai cadere nel facile sentimentalismo.

Fino ad oggi mi sono appassionato a molti romanzi, mi sono dedicato a molta musica jazz. Ma in conclusione

M. Wada 97

per me «il romanzo» è Scott Fitzgerald, e «il jazz» è Stan Getz. Pensandoci bene, questi due personaggi hanno forse alcuni aspetti in comune. Nella loro arte si possono ovviamente trovare dei difetti, lo riconosco senza problemi. Ma probabilmente è il prezzo da pagare in cambio della loro bravura, dell'impronta eterna che ci hanno lasciato. Ed è proprio per questo che insieme alla loro bravura, amo allo stesso modo i loro difetti.

Di tutti i dischi di Stan Getz, quelli che preferisco sono i due con la registrazione live di una sua performance al jazz club Storyville. Tutto ciò che vi è inciso è magnifico, al di là di ogni dire. Se posso usare un'espressione banale, c'è in questi album un nutrimento inestinguibile. Provate ad esempio ad ascoltare *Move*. La *rhythm section* di Al Haig, Jimmy Raney, Teddy Kotick e Tiny Kahn incanta per la sua perfezione: fusi in un corpo solo, i quattro musicisti creano un ritmo rovente come lava sotterranea, eppure limpido e *cool*. Ma la prodigiosa performance di Getz è ancora superiore. Arriva fino al cielo come un cavallo alato, spazza via le nubi, e ci mostra in un istante le stelle di tutto il firmamento, tanto smaglianti da fare male agli occhi. La bellezza della sua esecuzione attraversa gli anni per colpirci al cuore. Perché il suo canto risveglia il branco di lupi famelici che ogni persona cela nell'animo. Lupi che nella neve soffiano il loro fiato bestiale: bianco, silenzioso, bellissimo e duro al punto da potersi tagliare col coltello che teniamo in mano... e intanto ci rendiamo conto anche di un'altra cosa: che tale fatale crudeltà si nasconde nel bosco profondo del nostro spirito.

STAN GETZ (1927-1991)

Nasce a Filadelfia. Nel '43 suona nell'orchestra di Jack Teagarden, la prima di molte altre famose formazioni musicali. Dal '49 al '52 ha una sua band, ma fa anche delle tournée da solo nei paesi nordeuropei. In seguito suona con l'orchestra di Stan Kenton, poi passa alcuni anni in Europa, e quando torna in America, nei primi anni Sessanta, ottiene un enorme successo con la bossanova. Nel '64 forma di nuovo un proprio gruppo, *hot* e *cool* al tempo stesso. Un sax tenore che ci ha regalato improvvisazioni di talento, piene di un ineguagliabile sentimento poetico.

At Storyville Vol. 1 (Roost LP-2209).

Billie Holiday

Quando sentii per la prima volta Billie Holiday, ero ancora molto giovane. Provai una certa emozione, quel giorno, ma solo anni dopo capii che meravigliosa cantante fosse. Il che significa che invecchiare ha degli aspetti bellissimi.

Da giovane ascoltavo spesso le performance che lei incise per tutti gli anni Trenta fino alla metà degli anni Quaranta. Un'epoca in cui cantava moltissimo, con una voce giovane e fresca. Molte di quelle registrazioni sono state riprese in seguito dalla Columbia Records. Era incredibilmente immaginativa, la sua capacità di alzarsi in volo faceva strabuzzare gli occhi. Il mondo danzava lo *swing* insieme a lei. La terra stessa dondolava. Non sto esagerando. La sua non era arte, era magia. Oltre a lei, l'unico essere umano capace di usare a proprio capriccio quella magia, per quel che ne so io, è stato Charlie Parker.

Invece non percepivo una grande passione, quando ero giovane, nelle sue performance piú tarde, dell'epoca in cui aveva ormai rotto la sua voce e logorato il suo corpo con l'abuso di droghe, e incideva dischi per la Verve. Forse era troppo lontana dalla mia anima. Soprattutto le registrazioni a partire dal 1950 per me erano troppo penose, pesanti, patetiche. Da quando ho compiuto trent'anni, però, e man mano che procedevo verso i quaranta, ho iniziato ad apprezzarle e a metterle sempre piú di frequente sul piatto del giradischi. Senza che ci facessi caso, il mio spirito e il mio corpo hanno iniziato a cercare quella musica.

Dunque: cosa sono riuscito a sentire nel modo di cantare

M. Wada 92

in un certo senso frantumato della Billie Holiday dell'ultimo periodo? Ci ho riflettuto molto. Cosa c'è lí dentro che ha la capacità di attirarmi con tanta forza?

Può darsi che si tratti di una sorta di «perdono» – questa è la sensazione che provo di recente. Quando ascolto le canzoni di Billie Holiday degli anni Cinquanta, sento che lei prende su di sé in blocco tutti gli sbagli che ho commesso fino ad oggi, tutte le ferite che ho inferto finora a tante persone attraverso quello che creo, cioè attraverso la scrittura: e mi perdona. «Dimentica, ormai non importa piú», sembra dirmi Billie. La sua non è una cura. Non voglio curarmi. Di qualsiasi cosa si tratti, non è qualcosa che possa essere curato. Perdonato però sí, semplicemente perdonato.

Comunque, questo è un discorso molto personale e non ha alcun valore oggettivo. Di conseguenza, il disco di Billie Holiday che vorrei consigliare qui, per il suo fascino, è un Lp della Columbia. E se dovessi indicare in questo disco una canzone in particolare, sceglierei senza esitare *When you're smiling*. Tra l'altro comprende un assolo di Lester Young che è di una genialità mozzafiato.

«When you are smiling, the whole world smiles with you», canta Billie.

E il mondo davvero sorride. Non so se lo vediate o meno, ma fa veramente un gran sorriso.

BILLIE HOLIDAY (1915-1959)

Nasce a Filadelfia e cresce a Baltimora. All'età di dieci anni subisce uno stupro. Verso i quindici inizia a prostituirsi, intanto attraversa un periodo duro lavorando come cameriera, finché nel '30 fa un'audizione a New York e diventa cantante professionista. Dal '36 comincia a registare dei dischi a suo nome. Nel '39 il suo brano *Strange Fruit* si attira molte critiche. Capace di improvvisare come i musicisti, ebbe una notevole influenza sulle vocalist del *modern jazz* che vennero in seguito. La tossicodipendenza accorciò la sua carriera di cantante.

The Golden Years (Columbia C3L21).

Cab Calloway

Quando sento il nome di Cab Calloway, mi torna immediatamente in testa il suo divertentissimo «hi-de-ho» nel film di John Landis *The Blues Brothers* (1980). *The Blues Brothers* è un formidabile e pittoresco omaggio che John Landis tributa alla cultura musicale dei neri americani, ma in esso si sente anche con forza la presenza di qualcosa di timido, come un pensiero adolescenziale e sognante, ed è questo l'aspetto che piú mi piace. In particolare trovo stupende le scene musicali in cui appaiono Ray Charles e Cab Calloway, l'energia quasi spaventosa che emana da quei due innalza di almeno un paio di gradi il livello del film.

Sempre riguardo a Calloway, è su di lui che il compositore George Gershwin, nella sua *Porgy and Bess*, modellò quel personaggio unico che è Sportin' Life, e fu Cab stesso a interpretare quel ruolo sulla scena. A questo punto le doti peculiari di Cab Calloway avevano già superato i confini della sua epoca, e il suo stile musicale era ormai qualcosa di leggendario. Tanto che ormai è difficile distinguere cosa corrisponda alla realtà e cosa al mito.

Ad ogni modo, è evidente a chiunque che il periodo in cui Cab Calloway svolse un ruolo fondamentale nella storia del jazz fu quello che va da tutti gli anni Trenta fino ai primi anni Quaranta. In quegli anni Cab diresse importanti ed eccellenti orchestre, ebbe un successo straordinario e incise molte registrazioni. Fra tutte, quella che per prima mi viene in mente è un Lp quasi epico che i fan chiamano

Chu Berry il Gatto (la mia è un'edizione giapponese, ma per qualità molto superiore all'originale).

In quest'album sono raccolte le performance del sax tenore Leon «Chu» Berry intorno al 1940. Sul lato A ci sono esecuzioni della band di Chu Berry, mentre quelle sul lato B sono dell'orchestra di Cab Calloway, con Chu Berry che suona da solista. All'epoca, dell'orchestra di Calloway facevano parte, oltre a Chu Berry, giovani musicisti di talento come Dizzie Gillespie, Tyree Glenn, Milt Hilton, ai quali capitava di eseguire sul palco – messo da parte Mulligan, *the one and only*, con le sue canzoni travolgenti – degli assolo scatenati. Quanto a Calloway, faceva generosamente un passo indietro. «Lasciamo spazio ai giovani», sembrava dire, e grazie a questo suo atteggiamento ora noi possiamo assaporare il modo in cui il respiro della scena musicale gradualmente si sposta dalla perfezione dello *swing* al germogliare del *bop*, e al tempo stesso ascoltare le grasse e succose performance di Chu Berry. Sí, Cab Calloway aveva davvero una grande personalità, e ce la trasmette con le sue canzoni.

Tuttavia pare che non andasse d'accordo con quell'uomo di un genere nuovo che era Dizzie Gillespie. Il loro rapporto era complicato, tanto che alla fine ci fu un incidente: Gillespie a un certo punto tirò fuori un coltello e ferí Calloway. Se pensiamo a quest'episodio, guardando *The Blues Brothers*, rimpiangiamo che gli eventi, tanto tempo fa, abbiano avuto l'esito che conosciamo.

CAB CALLOWAY (1907-1994)

Nasce a New York. Nel 1930 entra a far parte della band The Missourians, di cui in seguito diventa il leader, e dal '31 lavora al Cotton Club. La sua canzone *Minnie the Moocher* ottiene tanto successo che per il suo caratteristico ritornello frutta a Calloway il soprannome «Hi-De-Ho Man». Dal '40 in poi fa entrare nella sua orchestra Milt Hilton, Chu Berry e altri grandi artisti, portando alla perfezione la musica orchestrale. Dal '50 partecipa a film musicali diventando un vero e proprio showman.

Chu Berry and His Stompy Stevedores with the Cab Calloway Orchestra. «CHU» (Cbs/Sony SOPL-123).

Charles Mingus

Durante il secondo anno di università, lavoravo part time presso un modesto ristorante nel quartiere di Kabukichō, a Shinjuku, dove facevo il turno di notte. Respiravo l'aria viziata del locale dalle dieci di sera alle cinque del mattino, quando tornavo nella mia stanza a Mikata, insieme a uomini ubriachi che la sera prima avevano perso l'ultimo treno. Ho lavorato in quel ristorante dalla fine dell'autunno all'inizio della primavera. Motivo per cui, quando ripenso a quell'impiego, il paesaggio che mi torna in mente è sempre invernale. Era un inverno molto freddo, mi sentivo solo e nella mia vita non c'era proprio nulla di piacevole.

Vicino al ristorante c'era un piccolo jazz bar che si chiamava Pithecanthropus Erectus, un nome che ovviamente riprendeva il titolo di un album di Charles Mingus. Solo un patito di jazz può tenere a mente un nome cosí lungo. Il bar restava aperto fino a tardi, quindi, appena avevo del tempo libero, andavo lí a prendere un caffè e ascoltare un po' di jazz. Intorno al 1970 Shinjuku era un posto molto vivace, e in tutta quell'agitazione e quel disordine si percepiva anche un fervore proiettato verso il futuro. C'era nell'aria qualcosa di intenso, qualcosa che ti faceva sentire che tutt'intorno stavano accadendo eventi straordinari.

Ora non ricordo se in quel bar mettessero veramente il disco di Charles Mingus *Pithecanthropus Erectus*. Comunque sia, ogni volta che l'ascolto mi torna in mente il locale omonimo. Lo scenario che appare nella mia te-

M. Wada 92

sta è il quartiere di Kabukichō a Shinjuku. La stagione è l'inverno.

La prima volta che ascoltai *Pithecanthropus Erectus* ero ancora un liceale, ma se devo dire tutta la verità non ci capii granché, né lo trovai particolamente eccitante. «Che razza di roba è?», mi chiesi perplesso. Soprattutto non riuscivo a seguire la sensibilità turbolenta e sottilmente umoristica di *A Foggy Day*. Mi domandavo che bisogno ci fosse di distorcere fino a quel punto una canzone cosí orecchiabile.

Col passare degli anni, però, questo disco poco per volta, senza che quasi me ne accorgessi, si è insinuato nel mio cuore. Quella che prima mi sembrava una melodia grossolana, i passaggi che avevo bollato come senza senso, tutto questo si trasformò in qualcosa di essenziale. Ad esempio, quando ascolto *A Foggy Day* nell'esecuzione di un altro musicista, chiunque sia, mi torna sempre in mente quella di Mingus, quasi fosse il parametro su cui regolarmi. Molto strano, no?

Suppongo che dipenda dal fatto che Mingus stesso, probabilmente, non aveva molta fiducia nella canzone *A Foggy Day*. Una volta Lester Young disse: «Mentre suono quel brano, fra me e me ne canto le parole». Se non avesse fatto cosí la musica non sarebbe mai arrivata al cuore degli ascoltatori. Mingus invece in questo disco opera un ribaltamento completo della visione del mondo di Lester Young. Quella che Mingus ci dà non è la *A Foggy Day* originaria, ma una *A Foggy Day* di cui ha alterato l'ordine. Eppure ha lo stesso calore di quella «cantata» da Lester Young, è altrettanto poetica, e arriva ugualmente al nostro cuore. Ci sono, lí dentro, lacrime e sangue.

O forse ciò che l'esecuzione di Mingus riesce ad alterare è il nostro spirito.

CHARLES MINGUS (1922-1979)

Nasce in Arizona. Nel '40 inizia a farsi un nome come contrabbassista. Nel '52 fonda insieme a Max Roach la casa discografica Debut Records. In seguito forma con Teddy Charles il Jazz Composers Workshop. In quanto compositore e arrangiatore, studia a fondo la propria musica, e da questo studio nascerà il famoso brano *Pithecanthropus Erectus*. In seguito comporrà una dopo l'altra opere fortemente ideologiche che sfogano la rabbia per l'ingiustizia della discriminazione razziale.

Pithecanthropus Erectus (Atlantic 1237).

Jack Teagarden

Jack Teagarden, che ci ha fatto dono di innumerevoli album, è famoso per essersi distinto come *sideman* con gli All Stars di Louis Armstrong. A prescindere da questa circostanza, i dischi che ha inciso con il cornettista Bobby Hackett sono tutti eccellenti. Li ascolto con gran piacere da quando ero giovane. Certo, non posso dire che siano dei capolavori in grado di segnare la loro epoca, ma il suono morbido, melodioso e saturo di *swing* di Hackett si mescola bene con quello di Teagarden, da cui trasuda una personalità spensierata, e dalla loro unione nasce una bellezza unica. Per quel che mi riguarda, credo che questo sia uno dei piaceri piú squisiti della musica, ma al giorno d'oggi pare che le persone che si appassionano a questo tipo di jazz siano praticamente sparite, e quasi nessuno ricorda piú Teagarden. Per ascoltare con tanto fervore gente come Keith Jarrett, tanto varrebbe... ma non è quello che volevo dire adesso.

Quando si parla di Teagarden e Bobby Hackett, la prima cosa che mi viene in mente è la splendida ballata *I Guess I'll Have to Change My Plans*, che fa parte dell'Lp *Coast Concert* (Capitol). Il protagonista di quest'album – pubblicato nel '55 – è Hackett, ma all'inizio la performance di Teagarden vi occupa molto spazio: è un assolo fluido ed elegante che non delude le nostre aspettative. Prima viene l'introduzione di Hackett, poi Teagarden parte col suo *chorus*[1], che ti fa piangere di nostalgia. Segue un se-

[1] Nel jazz, improvvisazione di un musicista su un ritornello.

condo *chorus* in cui Hackett con la sua cornetta dà forma a un'indomabile, bellissima forza spirituale. Dopodiché un altro trombonista, il veterano Abe Lincoln, entra con il suo *chorus* chiaro e schietto. Ognuno di loro leva con sincerità il suo canto e, pur seguendo la melodia originale, usa ogni stratagemma per improvvisare. A questo punto si ha l'impressione di aver provato tutte le gioie e i dolori della vita: ed è un autentico piacere. Non c'è un solo passaggio che dia una sensazione di fretta o di affanno.

Quando ascolto le performance che questi musicisti registrarono negli anni Cinquanta, quello che piú mi attira è il loro «individualismo». È ovvio che qualsiasi musicista ha il suo stile. È una costante, quale che sia l'epoca storica. Non esiste un bravo musicista privo di uno stile proprio. Eppure le esecuzioni di Hackett e Teagarden vanno al di là del semplice stile musicale, danno l'impressione di rispecchiare uno stile di vita. In questo la «voce» svolge un ruolo importante. Vorrei che prestaste l'orecchio al timbro caratteristico di Teagarden, al suo fraseggio che sembra parlare proprio a te, che sembra cantare per te. Un jazz cosí intimo e sereno ormai non lo si sente piú da nessuna parte.

Per incidere questo disco per il Dixieland Jazz Festival, la Capitol invitò Hackett nei suoi *studios* sulla West Coast, gli disse di scegliere seduta stante, fra diversi musicisti, quelli che preferiva, gli fece suonare le canzoni che voleva nel modo che gli pareva, e registrò tutto fino all'alba. In condizioni cosí, gli «individualisti» fanno davvero prodigi.

JACK TEAGARDEN (1905-1964)

Nasce nel Texas. Dal '21 inizia a suonare in un trio. Nel '27 si sposta a New York e dal '30 partecipa all'incisione di moltissimi dischi. Fa parte dell'orchestra di Paul Whiteman, degli All Stars di Louis Armstrong, e dal '50 suona con la sua orchestra personale, soprattutto jazz di tipo *dixie*. Amato per il suo timbro ricco e originale, per la sua atmosfera rilassata che consolida l'uso del trombone nel jazz, «Big T» fu anche un cantante pieno di calore.

Bobby Hackett and His Jazz Band. Coast Concert (Capitol T-692).

Bill Evans

Che un *piano trio* fosse la formazione migliore per far emergere il talento innato del pianista Bill Evans, era qualcosa che tutti potevano prevedere. E questo avvenne soprattuto, per circoscrivere ulteriormente il periodo, da quando il bassista del trio fu Scott LaFaro. Gli album che citerei sono quattro: *Portrait in jazz*, *Waltz for Debby*, *Sunday at the Village Vanguard*, *Explorations*. Per il solo fatto di aver inciso e prodotto questi album, il marchio Riverside merita già di essere ricordato.

Le performance di Evans in questi album sono splendide, perfette. Quando l'ego umano (e quello di Evans doveva comportare parecchi problemi) passa attraverso quel sistema di filtraggio che è il talento, possiamo vedere con i nostri occhi gioielli di bellezza impareggiabile rotolare al suolo. A stabilizzare perfettamente quel complesso e delicato sistema di filtraggio, e trasformare la natura introversa in capacità di fronteggiare la realtà e di agire, era il suono del basso di Scott LaFaro, fresco come la primavera e profondo come un bosco. Il suo respiro giovane rimuove quietamente la barriera di convenzioni che ci circonda, liberando l'anima che si trova al di là. Non c'è Bill Evans senza LaFaro, non c'è LaFaro senza Bill Evans… a questo punto nessuno troverà nulla da obiettare se dico che fu un incontro miracoloso, di quelli che avvengono una volta sola nella vita.

L'idioma che fino ad allora aveva fondamentalmente definito Evans viene smontato, e davanti a lui – quindi

M. Wada 92

davanti a noi – appare un orizzonte nuovo. Ci sentiamo liberati, gettiamo via i vestiti vecchi. La nostra pelle assume un colorito diverso, la nostra coscienza si espande. C'è in tutto ciò un irragionevole accesso di febbre. Uno spirito che nutre una calda passione per il mondo, e al tempo stesso lo lacera con la sua estrema acutezza.

Disgraziatamente, a causa della morte precoce di Scott nel 1961, l'*interplay* tra i due musicisti durò soltanto qualche anno, e il risultato fu che Evans, per colpa del suo perfezionismo, dopo di allora fece soltanto poche incisioni. Alla morte di Scott assunse diversi bassisti, ma con loro non ritrovò mai l'originalità che si generava spontaneamente quando suonava insieme a LaFaro. È ovvio che incise comunque alcuni album notevolissimi, però non riuscí piú a mostrare agli appassionati di jazz quella prospettiva nuova che nasce dal confronto di due ego. Aveva preservato, a un grado elevato, la sua natura delicata e introversa, ma aveva perso la passione che un tempo era esplosa in lui, come un unico amore fatale.

Anche *Waltz for Debby*, non mi piace ascoltarlo su un Cd, ma su un vecchio Lp in vinile. Su un lato di quest'album, prima che inizi il terzo brano, ho l'abitudine di fare un'interruzione: sollevo la puntina, respiro a fondo e mi dico che sta per cominciare l'autentico *Waltz for Debby*. Perché ogni brano dell'album è splendido, ma quello che preferisco è *My Foolish Heart*. È una vecchia canzone, d'accordo. Ma quando si è fisicamente conquistati fino a questo punto, non c'è «ma» o «se» che tenga. Essere innamorati non è proprio questo?

BILL EVANS (1929-1980)

Nasce nel New Jersey. All'inizio sente l'influenza di Bud Powell, ma ben presto sviluppa un suo proprio stile. Nel '58 entra a far parte del sestetto di Miles Davis, nel '59 forma un trio di cui fa parte il bassista Scott LaFaro. Grazie a un tocco intimo e delicato, e a un *interplay* serrato con LaFaro, crea una nuova tendenza del *piano trio* e incide capolavori che restano nella storia della musica, ma nel '61 perde LaFaro, che muore in un incidente d'auto.

Waltz for Debby (Riverside RS - 9399).

Bix Beiderbecke

Fra i vari posti dove ho lavorato part time quando ero studente universitario, c'era anche un jazz café – lo Swing – che si trovava a Suidōbashi. Era l'inizio degli anni Settanta, e il locale, unico nel suo genere, era specializzato nello *swing* tradizionale: tutto quello che era seguito, a partire dal *bop*, non veniva nemmeno preso in considerazione. Nemmeno Charlie Parker o Bud Powell erano ammessi.

All'epoca John Coltrane ed Eric Dolphy erano mostri sacri, quindi, a rigor di logica, il locale non avrebbe dovuto avere avventori. Invece, per la medesima ragione, era frequentato da assidui e fedeli fan, grazie ai quali riusciva bene o male a mantenersi a galla. Eppure, o forse dovrei dire «di conseguenza», il livello della musica era altissimo. Le vetuste casse del locale (di grandezza diversa l'una dall'altra) diffondevano ogni giorno, dal mattino alla sera, una musica senza compromessi, gradevole e un po' obsoleta. Peccato che a quel tempo, per la maggior parte della gente, non avesse quasi significato o valore.

Nel periodo in cui lavoravo in quel caffè, ho imparato ad apprezzare, dalle basi, la piacevolezza del vecchio jazz: Sidney Bechet, Bunk Johnson, Pee Wee Russel, Buck Clayton… ciò di cui piú mi rallegro, però, è di aver incontrato la musica di Bix Beiderbecke. Bix fu attivo negli anni Venti, ma morí a soli ventotto anni dopo una vita turbolenta. Il suono di quel giovane cornettista bianco, di quel gran bevitore leggendario e autodistruttivo, mi conquistò il cuore in un baleno.

M. Wada 92

La straordinarietà della musica di Bix è nella sua contemporaneità. Naturalmente lo stile è vecchio, eppure il suono, legato e originale, e il suo fraseggio non sono datati. La gioia e la tristezza che la sua musica esprime sono prodigiosamente vivide, il fascino scaturisce come acqua da una fontana e penetra in noi che l'ascoltiamo senza ostentazione ma anche senza esitazioni. È qualcosa che non ha nulla a che fare con quello che di solito si indica con l'espressione «vecchio stile».

«Questa musica non cerca di adulare nessuno», penserà probabilmente chi ascolta Bix Beiderbecke per la prima volta. Il suono della cornetta è stranamente autonomo e riflessivo. Ciò che Bix sta guardando fisso, non sono né lo spartito né gli spettatori, ma quel qualcosa di segreto che è come il nerbo della musica, nascosto nell'abisso della vita. In una tale sincerità non ci può essere distanza temporale.

Per comprendere l'immenso talento di Bix, basta ascoltare *Singin' in Blues* e *I'm comin' Virginia*. Naturalmente esistono altre sue magnifiche performance, ma nessuna è al livello di questi due brani, che suonava insieme al giovane sassofonista Frankie Trumbauer. Hanno la stessa sincerità, la stessa evidenza inamovibile della morte e delle tasse. In un'esecuzione di tre minuti c'è l'universo intero.

I due brani sono contenuti nell'Lp della Columbia *Bix Beiderbecke Story: volume 2*. L'ho ricevuto in dono quando ho smesso di lavorare allo Swing, un ricordo che conservavo con grande cura, ma nel corso di un trasloco, non si sa quando, è scomparso dallo scaffale. Chissà dov'è andato a finire. E non esiste piú nemmeno il caffè Swing.

BIX BEIDERBECKE (1903-1931)

Nasce in Iowa. Studia il pianoforte fin da bambino, ma a quindici anni si procura una cornetta e impara a suonarla praticamente da solo. A ventitre anni suona da solista con l'orchestra The Wolverines ottenendo un grande successo, e incide il suo primo disco. In seguito entra a far parte di diverse band, insieme a Frankie Trumbauer, Paul Whiteman e altri. Fu il primo musicista bianco di talento nella storia del jazz, ma a causa dell'alcol si rovinò la salute e morí in giovane età.

Bix Beiderbecke 1927-1929 (Cbs/Sony 20ap-1804).

Julian Cannonball Adderley

Julian «Cannonball» Adderley aveva uno straordinario talento naturale. Possedeva un'immaginazione stravagante, una tecnica gioiosa, un bel tono caldo e originale... Eppure non era capace di suonare quel genere di musica fatale che riesce a scuotere dalla radice il nucleo esistenziale di chi l'ascolta. Purtroppo, dovrei forse dire.

Dal punto di vista umano, era indubbiamente una bella persona. Lo si può dedurre facilmente ascoltandolo suonare. Però la musica veramente sublime (almeno per quanto mi riguarda) alla fin fine è un'incarnazione della morte. E a renderci sopportabile quella caduta verso le tenebre, nella maggior parte dei casi, è il veleno che possiamo estrarre dal quel frutto malefico. La dolcezza che ci procura quel veleno è un intorpidimento, una forte alterazione che sconvolge la nostra percezione del tempo.

Detto ciò, il disco che qui propongo – la registrazione live di un concerto che ebbe luogo allo Shelly's Manne-Hole di Los Angeles nel 1964 – è stato a lungo uno di quelli che piú amavo ascoltare. A penetrarmi nel cuore al di là di ogni logica, era soprattutto il lungo assolo di Cannonball nella ballata originale di Charles Lloyd *The Song My Lady Sings*, uno dei brani del lato B. È per ascoltare questo pezzo che ho posato tante volte l'Lp sul piatto del giradischi.

Tuttavia, non ho certo intenzione di sostenere che sia il piú bell'assolo che ci abbia lasciato Cannonball. Ad ascoltarlo bene, ci si accorge che qua e là ha qualche piccolo difetto. Anche il luccichio della giovinezza, che è come

M. Wada '92

un cavallo alato che s'invola in cielo, qui non lo si coglie. In compenso trapela dai margini di questa musica qualcosa di umano e quasi commovente. Qualcosa di quieto, ma fresco e succoso.

È un mondo che se ne sta lí, tranquillo, come una stanza dove abitavamo tanto tempo fa in una città lontana. Quando Cannonball suona il suo sassofono, ogni nota sale ad altezza diversa e quasi senza che ce ne accorgiamo si dirige verso di noi, e poggia una piccola e morbida mano sulle pieghe del nostro cuore. Ogni volta che ascolto questo disco la notte, da solo, un bicchiere di vino in mano, sento sgorgare dentro di me il piacere di stare insieme alla musica. Anche l'assolo trattenuto e paziente che esegue al piano Joe Zawinul è eccezionalmente bello.

Fino alla fine Cannonball non suonò mai una musica diabolica. Era una normale creatura nata su questa terra, una creatura dal cuore grande che visse la sua vita e poi se ne andò. Limature e rifiniture, tradimenti, demolizioni, sotterfugi e notti insonni non gli appartenevano, non era affatto bravo in questo genere di cose.

Tuttavia con la sua immensa compassione, in un modo soltanto suo, di quando in quando ci colpisce il cuore in un punto inatteso. Con gentilezza ci perdona, e poi zitto zitto ci colpisce.

JULIAN CANNONBALL ADDERLEY (1928-1975)

Nasce in Florida. Nel '55 si sposta a New York per prendere il posto di Charlie Parker morto quell'anno, e si fa notare come sax alto. Vive insieme al fratello Nat, che suona la cornetta, e con l'approvazione di Miles Davis partecipa a diverse registrazioni storiche, tra cui *Milestones* ('58) e *Kind of Blue* ('59). In seguito torna a suonare con Nat, insieme al quale vive il boom del *funky jazz*.

Cannonball Adderley Live! (Capitol ST-2399).

Duke Ellington

Quando sentiamo la parola «genio», il nostro pensiero subito va allo stereotipo di una persona irascibile e impaziente che muore giovane, ma Duke Ellington condusse una vita lunga e intensa, brillante ed elegante, seguendo il proprio ritmo. Si dovrebbe forse dire che la sua fu un'esistenza prodigiosamente piena. Con la sua vena musicale di un'abbondanza miracolosa irrigava da un'estremità all'altra un terreno vastissimo, senza incontrare ostacoli. Per la storia del jazz, non c'è bisogno di dirlo, fu una gran fortuna.

Ad essere sinceri, però, quando una persona della sua grandezza resta in attività tanto a lungo, non è possibile che non crei anche qualche problema. Ellington ha suonato un'infinità di brani meravigliosi, ci ha lasciato un'infinità di registrazioni fantastiche. Anche troppe. Dovendo scegliere in quella montagna di dischi un album in particolare, si è sopraffatti da un senso di impotenza, come una tribú di selvaggi davanti alla Grande Muraglia.

Di conseguenza deciderò d'impulso, secondo il mio gusto personale.

Se dovessi prendere il coraggio a due mani e fare una selezione, di Ellington mi piace molto (1) il periodo che va dalla seconda metà del 1939 a tutta la prima metà degli anni Quaranta, in cui non era troppo scatenato e neppure troppo difficile da capire, ma piacevolmente raffinato. Apprezzo soprattutto la fase che corrisponde grosso modo all'ingresso nella band di Jimmy Blanton. Per circoscrivere ulteriormente il campo (2) l'album di questo periodo che

preferisco è l'Lp della Rca *In a Mellotone*. Per dare un'indicazione ancora piú precisa (3) di quel disco trovo perfetto il lato B. Insomma, per quanto lo ascolti, stranamente non mi viene mai a noia. È ovvio che tutti i membri della band sono magnifici, al di sopra di ogni critica: Hodges, Webster, Cootie, Bigard, Carney... l'epoca d'oro di Ellington. Cosa volete di piú?

Nell'Lp *In a Mellotone*, oltre alla famosa canzone del titolo, ce ne sono altre che adoro, come la tranquilla *All Too Soon* e *Rocks in My Bed*. Quanto a quelle composte da Ellington – *Solitude*, *Satin Doll* –, sono stupende. Ma anche fra quelle meno famose, ce ne sono molte che incantano in modo quieto e sicuro l'animo di chi ascolta. Scoprire ad una ad una con le proprie orecchie, in modo personale e intimo, tante canzoni, farsi strada nel bosco della musica di Ellington – ed è un bosco davvero immenso – è un grandissimo piacere.

Il canto di Ivie Anderson in *Rocks in My Bed*, per quanto lo si ascolti, va sempre dritto al cuore. Quando la sua voce stranamente diretta, profondamente *bluesy*, viene a intrecciarsi al bellissimo assolo di Barney Bigard al clarinetto – un clarinetto che è un'opera d'arte – raggiunge uno dei punti piú alti della creazione musicale. Non c'è nella loro performance nemmeno un pizzico di lusinga. Ma è evidente che l'incontro con una musica davvero sublime fa scaturire in noi da chissà dove, quietamente, una profonda partecipazione e un fertile affetto.

DUKE ELLINGTON (1899-1974)

Nasce a Washington DC. Dal '27 al '31 suona ogni sera con la sua band al Cotton Club di Harlem. Intorno al '40 ingaggia nella sua band musicisti di fama, con i quali conosce la sua epoca d'oro. Fu il pianista, ma al tempo stesso il direttore della sua splendida orchestra, riguardo alla quale pare dicesse: «Il mio strumento è la band». È considerato uno dei piú grandi compositori del ventesimo secolo, e non solo nel campo del jazz.

In a Mellotone (Rca LPM-1364).

Ella Fitzgerald

La canzone di Ella per la quale nutro il piú profondo amore è *These Foolish Things* (*Remind Me of You*), un brano romantico incluso nell'Lp *Ella and Louis Again*. Come dice il titolo dell'album, si tratta di una felice performance che Ella Fitzgerald e Louis Armstrong registrarono insieme negli *studios* della Verve, sequel di un precedente album omonimo. Soltanto nella canzone *These Foolish Things* Ella canta da sola, senza Louis. Se fossimo davanti a una performance live, vedremmo Louis, terminata la sua appassionata esecuzione, ritirarsi nel camerino per sfuggire agli applausi ed Ella avanzare lentamente fino al centro del palcoscenico nel lento affievolirsi delle luci… questa è l'immagine che nasce spontanea. Il produttore Norman Granz era bravissimo a fiutare le performance capaci di ottenere questo genere di effetto.

In sottofondo, il quartetto di Oscar Peterson. Al trio originario si è aggiunta la batteria di Louie Bellson con risultati eccellenti. Un accompagnamento che aderisce perfettamente alla pelle del canto come seta di ottima qualità, senza pieghe superflue. La canzone è bella, la cantante è brava, l'accompagnamento splendido. La prima volta che ho sentito questo disco ero uno studente universitario, e ciò che provai quella volta, per riassumerlo in un concetto semplice, era ammirazione: «Dunque il jazz è qualcosa che procura tanto piacere?» Ancora oggi quell'impressione è rimasta praticamente invariata. Avrò sentito questo brano non so quante volte, ma trovo che nel complesso

M. Wada 97

possieda sempre una naturale forza di persuasione, e non mi viene mai a noia.

Sia Ella che Peterson sono musicisti dotati di grande capacità ed equilibrio, ma ogni tanto nella loro arte c'è troppa maestria. Sono bravissimi, d'accordo, ma la cosa finisce lí, non trasmettono a chi ascolta quell'elemento oscuro che non può mancare nell'animo di ogni essere umano. In *Remind Me of You*, a ogni modo, si può riconoscere nell'esecuzione di entrambi il lato buono e sincero del loro carattere.

In realtà Peterson già nel '52 aveva formato il suo quartetto e accompagnato, sempre in *Remind Me of You*, Billie Holiday. La performance di Billie in quell'occasione è un'autentica opera d'arte. Non è questione di essere superiore o inferiore a Ella, ma ci emoziona al punto da lacerarci il petto. L'accompagnamento però non è all'altezza. Il piano affidato alla giovinezza di Peterson, un po' troppo rumoroso, un po' eccessivo, finisce col demolire quel qualcosa, quel «luogo speciale» che Billie cerca di creare.

In confronto al disco di Billie Holiday, che fa male al cuore per questo squilibrio, quando si ascolta *Remind Me of You* nella versione di Ella, si è obbligati a pensare che tra le persone esista quella cosa che si chiama «affinità». Visto che dopo quella volta, almeno per quanto ne so io, Billie non lavorò piú con Peterson, probabilmente anche lei avrà pensato con rammarico che l'abbinamento non aveva funzionato. Tuttavia, considerato che la performance di Peterson insieme a Ella avvenne alcuni anni dopo la registrazione con Billie, può darsi che nel frattempo anche lui fosse maturato ed evoluto.

Nella versione di Peterson ed Ella di *Remind Me of You* ci sono alcuni punti che vale veramente la pena di ascoltare. Soprattuto un passaggio al piano, quello in sottofondo alla strofa che inizia con «A tinkling piano in the next apartment», mi incanta ogni volta che lo sento. È vera arte. Se fosse un romanzo, gli darei sicuramente il premio Naoki.

ELLA FITZGERALD (1918-1996)

Nasce in Virginia. Nel '34 partecipa a una delle *amateur nights* all'Apollo Theater di Harlem, vince e viene assunta come cantante nell'orchestra di Chick Webb. La sua tecnica canora, lo *scat* (imitazione di strumenti musicali), è alle radici del *bop vocal*. Per le ballate piene di quieta partecipazione emotiva venne chiamata «The first lady of Song», e celebrata, insieme a Billie Holiday, come una delle cantanti piú talentuose. Ha lasciato numerose incisioni con case discografiche del livello della Decca e della Verve.

Ella and Louis Again Vol. 2 (Verve MGV-4018).

Miles Davis

Nella vita di qualunque persona c'è una «giornata perduta». Una giornata in cui sentiamo di «aver superato un limite oltre il quale qualcosa dentro di noi è cambiato, e non torneremo mai piú a essere quelli di prima».

Quel giorno, avevo camminato a lungo per la città. Da una strada all'altra, da un tempo all'altro. Era una città che conoscevo bene, eppure l'avvertivo estranea.

Fu soltanto quando si fece buio che pensai di andare in un bar e bere qualcosa di forte. Avevo voglia di un whisky con ghiaccio. Continuai ad avanzare lungo la stessa strada finché non trovai quello che sembrava un jazz bar, aprii la porta ed entrai. Era un locale lungo e stretto, con un bancone e tre tavolini, e nemmeno l'ombra di un avventore. La musica era jazz.

Mi sedetti su uno sgabello al bancone, e ordinai un doppio bourbon. Mentre l'alcol mi scivolava giú per la gola, pensavo: «Qualcosa dentro di me è cambiato. Non sarò mai piú quello di prima».

– C'è un brano che desidera ascoltare in particolare? – mi chiese poco dopo il giovane barista, venendo a mettersi davanti a me.

Alzai il viso e provai a riflettere. Un brano che volevo ascoltare? Ora che me lo diceva, qualcosa che mi avrebbe fatto piacere magari c'era. Ma che genere di musica era adatto a quel posto? Mi sentivo del tutto perduto. *«Four» & More*, dissi dopo averci rimuginato un po' su. Perché il mio pensiero era andato alla copertina scura e tetra di

M. Wada 92

quel disco – anche se non è detto che fosse davvero questa la ragione.

Il barista estrasse l'album di Miles Davis da uno scaffale e lo posò sul piatto del giradischi. Mentre guardavo il bicchiere davanti a me e il liquido che lo riempiva, ascoltai il lato A di *«Four» & More*. Era proprio la musica di cui avevo bisogno. Lo penso ancora oggi. Penso che era esattamente il disco che dovevo ascoltare in quel momento. La performance di Miles in quell'album è profondamente amara. Il tempo che ha scelto è stranamente veloce, al punto da risultare aggressivo. Con il ritmo cesellato da Tony Williams in sottofondo, assennato come una candida luna di tre giorni, Miles conficca senza pietà il suo cuneo magico nelle incrinature dell'animo. Non chiede nulla, non prende nulla. Nella sua musica non si può cercare compassione, né riceverne sollievo. Tutto quello che c'è lí è un'azione, nel senso puro della parola.

Ascoltando *Walkin'* (di tutte le registrazioni di *Walkin'*, la piú dura e aggressiva), mi resi conto che in quel momento dentro di me non provavo alcun tipo di dolore. Almeno per un certo tempo, mentre Miles come un ossesso distruggeva qualcosa, riuscii a mantenermi in una condizione di insensibilità. Bevvi un altro whisky.

Questo accadeva tanto tempo fa.

MILES DAVIS (1926-1991)

Nasce nell'Illinois. Dal '45 inizia a suonare la tromba insieme a Charlie Parker. Nel '48, con la collaborazione di Gil Evans, crea una formazione del tutto originale, mai vista prima nella storia del jazz, un «nonetto». Dopo l'esperienza dell'*hard bop*, nel '59, incide quel capolavoro del *modal jazz* che è *Kind of Blue*. In seguito continua intrepidamente a produrre un suono elettrificato, esercitando una grande influenza sulla direzione che prenderà il jazz. Ci ha lasciato un'enorme quantità di album. Nel '75 si ritira, ma nell'81 conosce una rinascita artistica.

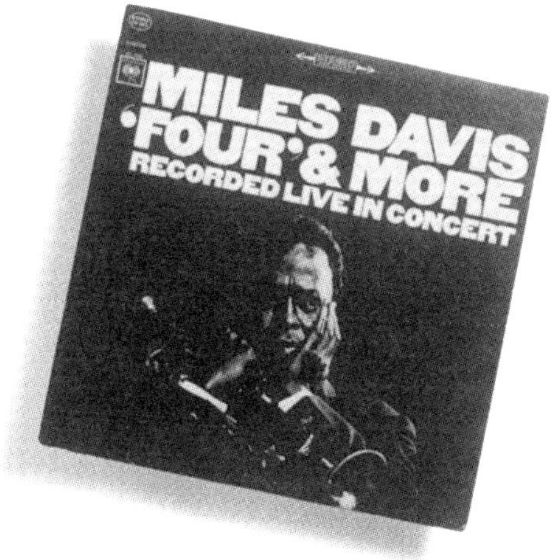

«Four» & More (Columbia CL-2453).

Charlie Christian

Charlie Christian è famoso soprattutto per le *jam sessions* chiamate *Swing to Bop* al Minton's Playhouse, ma i tre Lp di produzione giapponese che raccolgono le sue performance insieme a Benny Goodman – *Charlie Christian Memorial Album* – reggono bene il confronto, e sono semplicemente splendidi.

All'interno della struttura definita da Benny Goodman, l'animo istintivamente poetico e anticipatore di Christian, che sgorga senza lasciarsi limitare dall'esiguo numero di strofe che gli sono concesse, affascina le nostre orecchie e strega il nostro cuore. È una registrazione vecchia di piú di cinquant'anni, ma gli assolo alla chitarra di Christian sono di un tale prodigioso livello che ancora oggi non mostrano la loro età: esulando dalla cornice del *modern jazz*, del *bebop* o dello *swing*, nella loro intelligenza riescono a essere *swingy* in modo eccitante.

Sfortunatamente Charlie Christian è morto all'età di venticinque anni: ha lasciato questo mondo dopo un'esistenza troppo breve, ma le performance che ha registrato (per l'esattezza durante un anno e nove mesi soltanto) hanno largamente influenzato i chitarristi che sono venuti dopo di lui, al punto che quando ascoltiamo le sue esecuzioni ci capita spesso di chiederci stupiti: ma questo non è Barney Kessel? non è Herb Ellis? non è Kenny Burrell? A pensarci bene, fino alla fine degli anni Cinquanta, quando Wes Montgomery ha lanciato il metodo di suonare a ottave, la maggior parte dei chitarristi, chi piú chi meno, non

MINT
PLA
M. Wada 92

ha potuto sottrarsi al fascino di Christian (alla sua tecnica e alle sue idee nuove e originali). Cosí come i sax alti precedenti a Ornette Coleman non potevano sfuggire al sortilegio di Charlie Parker.

In questo *Charlie Christian Memorial Album* – che, va detto, ha la luminosità di una cometa – ogni brano merita di essere ascoltato, ma quello che preferisco è la *hot session* eseguita insieme al pianista Count Basie nel gennaio del '41. I membri del sestetto messo insieme in via straordinaria da Benny Goodman – Basie, Cootie Williams (tromba), Georgie Auld (sax tenore), Christian, Artie Bernstein (basso), Joe Jones (batteria), tutti musicisti estremamente interessanti – formano una *line up* che combina il *regular combo*[1] di Goodman e la *rhythm section* di Basie. Il risultato è che i musicisti neri sono piú numerosi, con la conseguenza che anche la musica prende una tonalità «nera» e il ritmo diventa piú incalzante.

In particolare gli assolo di Basie e di Christian, nei numerosi *takes* del semplice e armonioso *Breakfast Feud*, sono bellissimi, prodigiosi pezzi d'avanguardia. Ovviamente anche la performance di Christian nel *regular combo* di Benny Goodman merita di essere ascoltata, ma alla *rhythm section* di Basie, che per il suo senso del tempo sembra avere il potere di spostare l'asse terrestre, e all'intrecciarsi delle *line* di Christian, solido come una tromba, si adatta perfettamente l'espressione «fare *swing* fino al midollo». È una registrazione del periodo in cui sgorgava il magma dello *swing*, e il jazz era ancora eroico.

[1] Piccola formazione jazz, composta da tre a nove membri.

CHARLIE CHRISTIAN (1916-1942)

Nasce nel Texas. Nel '34 inizia la carriera di chitarrista professionista, e nel '39 viene assunto nell'orchestra di Benny Goodman con una paga eccezionalmente alta. Ogni sera, quando finisce di lavorare, si reca al Minton's Playhouse, dove partecipa a delle *jam sessions* con la band di Dizzy Gillespie. Inventa un modo di suonare la chitarra che si rivelerà decisivo nel porre le basi del *modern jazz*, sia dal punto di visto melodico che ritmico, e avrà un fortissimo influsso sui musicisti che verranno dopo di lui. Purtroppo però con l'abuso d'alcol e di droghe distruggerà la propria salute e morirà giovane.

Charlie Christian Memorial Album (Cbs/Sony 56AP-674-6).

Eric Dolphy

Quando sento parlare di Eric Dolphy, di riflesso nella mia testa appare questo Lp dei primi tempi della Prestige: *Out There*. Il contenuto è eccellente, va da sé, ma al tempo stesso (o forse dovrei dire inoltre) anche la copertina originale è indimenticabile. In un disegno surrealista che ricorda un quadro di Salvador Dalí, Dolphy sta su una nave-contrabbasso che solca il cielo, e suona il sassofono con aria contrariata. La vela è un violoncello, il tetto un cembalo, da un lato della nave sporge un corno e al di sotto è attaccato un flauto che sembra una sinistra sanguisuga. La nave si lascia dietro una scia di fogli di spartito volteggianti, mentre su un promontorio, al posto di un faro, si erge un metronomo. Nell'insieme l'atmosfera è cupa. Cupa come se fossimo alla periferia dell'universo (o come in un ripostiglio a luci spente).

Anche la nave ha un suo fascino ma, a essere sinceri, non è che brilli dal punto di vista tecnologico. Né si può dire che la visionarietà dell'ispirazione artistica abbia colmato le carenze della tecnologia. Quanto al nome dell'illustratore, non dà molto affidamento: «Profet», si legge in un angolo, tutto qui. Di sicuro per questa copertina i produttori fecero ricorso a un giovane artista non troppo famoso – in altre parole, all'epoca la Prestige Records non aveva la possibilità di investire piú di tanto nel design delle copertine – e omisero di indicare il suo nome, lasciando che cadesse nell'oblio.

Eppure, non so perché, questa copertina mi emoziona:

M. Wada 92

ogni volta che sento parlare di Eric Dolphy, mi torna in mente questo disegno «alla Dalí» di un artista sconosciuto. So che qualcuno potrebbe trovarla irritante, ma credo che quest'associazione di idee sia dovuta al fatto che l'atmosfera dell'illustrazione è in prodigiosa sintonia con quel musicista d'avanguardia unico, quell'artista serio dalla forte personalità che fu Eric Dolphy, con il suo stile che (nel bene e nel male) aveva qualcosa di sospetto. Al contrario, se questa copertina l'avesse creata un artista di primo livello, o addirittura lo stesso Dalí, probabilmente non mi darebbe la stessa emozione. È davvero strano.

Inoltre sul retro della copertina sono riportate queste parole di Dolphy:

«Sto cercando di far accadere qualcosa di nuovo. Cosa sia, non lo so. Però è qualcosa di nuovo, e di splendido. Sto per farlo accadere proprio adesso. Essere nel bel mezzo di questo, ed essere in questa New York, è fantastico!»

Il disco è stato registrato nell'agosto del 1960, quando erano finalmente finiti gli anni Cinquanta con la loro forte impronta conservatrice, poco prima che John Kennedy venisse eletto presidente degli Stati Uniti. Anche per Eric Dolphy, che a lungo non era potuto scampare a una vita improduttiva e oscura, a partire da questo momento iniziano tempi luminosi: dal punto di vista musicale, è adesso che spicca il volo. Purtroppo però il periodo in cui sfruttò appieno il proprio talento per lui fu di breve durata, nel giugno del '64 lasciò questo mondo per un attacco di cuore, conseguenza di un diabete mai diagnosticato.

Puo darsi che tutti noi, chi piú chi meno, viviamo alla periferia dell'universo. È quello che mi viene in mente quando penso a Eric Dolphy.

ERIC DOLPHY (1928-1964)

Nasce a Los Angeles. Nel '58 suona con la band di Chico Hamilton, poi nel '60 entra a far parte di quella di Charles Mingus, e al tempo stesso suona con Ornette Coleman. In seguito forma la propria band, ma suona anche con John Coltrane. Pur proteggendo un mondo di tonalità tradizionali, introduce una tecnica innovativa che fa da ponte tra il *bop* di Charlie Parker, e il *modal* e il *free jazz* venuti in seguito.

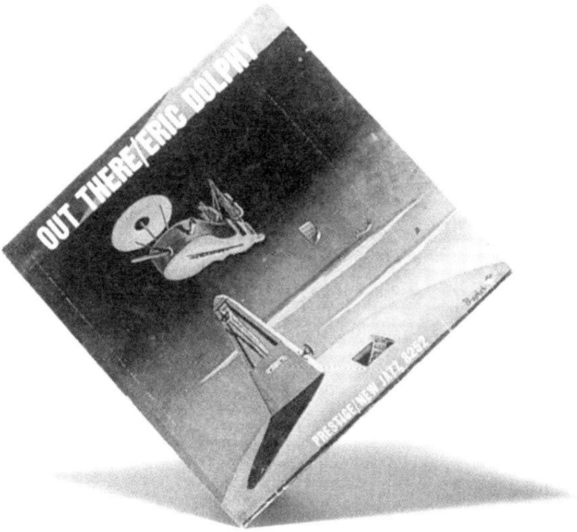

Out There (Prestige / New Jazz 8252).

Count Basie

Qualunque azione, anche la piú fugace, alla luce di un'attenta analisi mostrerà di possedere una sua logica. Come ha scritto da qualche parte Somerset Maugham, «anche per farsi la barba occorre una filosofia».

Di conseguenza, c'è una filosofia anche nell'atto di ascoltare la musica di Count Basie. E questa filosofia dice che «la musica di Count Basie, per quanto lo permettono le circostanze, è necessario ascoltarla a tutto volume». Non è una filosofia molto profonda. Però è una verità innegabile. Il motivo è che la straordinaria peculiarità della musica creata da Count Basie consiste proprio nella sua «pressione» musicale. Se siete seduti davanti alle casse ad ascoltare Count Basie e a un certo punto provate la sensazione di venire soffiati via (anche solo di pochi centimetri), vorrà dire che avete colto il vero significato della sua orchestra. E per avvertire fisicamente quella pressione, bisogna alzare il volume al massimo.

Il che non significa tuttavia che la band di Count Basie sia rumorosa. Ci sono moltissime orchestre che suonano a volume piú alto e fanno piú baccano della sua. Sembrerà un paradosso, ma credo che il pregio della band di Basie consista proprio nell'esiguità del suono. Ogni membro della band è bravissimo e ognuno di loro modula il proprio suono con misurata parsimonia e tutti insieme, come una banda di allegri torturatori, scuotono l'ascoltatore fino al midollo... se provate a sedervi e ad ascoltare attentamente, non smetterete di meravigliarvi di questa tecnica prodigiosa.

M Wada '92

Ed è proprio per tale motivo che la quiete si trasforma in movimento, e quando gli ottoni, senza esitazioni né timori, ruggiscono selvaggiamente, veniamo travolti dal dinamismo di quel salto. Veniamo spazzati via. Questa capacità di produrre con il suono, piccolo o grande che sia, uno *swing* tanto ardito, nessuna altra band è in grado di imitarla. È qualcosa di cui è capace soltanto William Basie, venuto da Kansas City.

In tale contesto, l'album di Count Basie che piú mi piace è *Basie in London*, della Verve. Basie ci ha lasciato diverse registrazione formidabili, ma quanto a piacevolezza, questa è indubbiamente la migliore. Per usare un'espressione cara ai vecchi musicisti jazz, in questa performance lo *swing* «fa quasi male alla salute». So di essere ripetitivo, ma è meglio alzare il volume piú che si può. L'album è tutto magnifico, dall'inizio alla fine, ma il pezzo numero sei del lato A è un capolavoro che ha la forza travolgente di uno tsunami. Poi si passa da *Shiny Stockings* a *How High the Moon*. Non c'è bisogno di fare discorsi complicati: sprofondati in poltrona con una lattina di birra in mano, si alza il volume dello stereo, ci si abbandona al flusso della musica, ed è il paradiso in terra.

COUNT BASIE (1904-1984)

Nasce nel New Jersey. Negli anni Venti a Kansas City entra a far parte della band di Walter Page, i Blue Devils, poi suona nell'orchestra di Bennie Moten. Nel '35 forma la propria band, con la quale si sposta a Chicago e in seguito a New York. Negli anni Cinquanta per un certo periodo scioglie la band, e negli anni Sessanta la sua popolarità presso gli appassionati di jazz cala un poco. Tuttavia, come bandleader e pianista dallo stile particolare – uno stile che alterna poche note a lunghe pause –, continua a «swingare» con grande energia.

Basie in London (Verve MGV-8199).

Gerry Mulligan

Ricordo esattamente che quando vidi per la prima volta una fotografia di Gerry Mulligan, sulla copertina di un disco, rimasi abbagliato.

Un giovane alto, dai capelli biondi tagliati a spazzola, che indossava con eleganza un completo in stile *ivy*, una camicia con i bottoni al colletto e una sottile cravatta nera di maglia. Il mento squadrato indicava una tendenza all'ostinazione, gli occhi celesti avevano un'espressione giovanile. In mano teneva un enorme e lucente sax baritono. Tutto in quell'immagine era elegante, pulito, *cool*. La foto era degli inizi degli anni Sessanta, di conseguenza la modalità esistenziale squisitamente americana che esprimeva Mulligan mi sembrava distare anni luce dal mondo in cui vivevo io.

Per questo motivo, riguardo a Gerry Mulligan, per me prima della sua musica è sempre venuta la sua immagine. Un uomo eternamente giovane, che suona *cool jazz* al sole sfolgorante della California. In quell'immagine non c'è una scalfittura, non un'ombra. La sola cosa che possa incrinarla è la bella inquietudine generata dalla musica…

Soltanto molto tempo dopo ho scoperto che in realtà Gerry Mulligan per molto tempo ebbe grandi problemi, fece consumo di droghe e soffrí di depressione. Conobbe la galera, a cui sopravvisse anche se rimediando molte brutte ferite. Visse la sua giovinezza in un'epoca in cui la musica jazz, nonostante la sua ineguagliabile energia vitale e la sua originalità, veniva ignorata e considerata quasi

M. Wada 97

un *underworld* nella cultura americana. Da quella foto però tutto questo non lo si può dedurre. E nemmeno dalla sua musica.

Ciò che sentiamo in essa, è il respiro ingenuo e riflessivo della sua anima. C'è in Mulligan un sentimento di profondo rispetto nei confronti della musica, un coraggio che gli fa tenere la schiena diritta. In confronto alle tonalità taglienti di un altro sax baritono, Pepper Adams, quelle filate di Mulligan sono profonde e gentili. A volte hanno un lato fin troppo serio, ma c'è in esse una decisa forza di persuasione.

Una volta ho ascoltato dal vivo Gerry Mulligan, nella seconda metà degli anni Ottanta, quando ha partecipato con una grande band al Newport Jazz Festival che aveva luogo a Madarao Kōgen, nella regione di Nagano. Dirigere una grande orchestra come leader e arrangiatore, per Mulligan era il sogno di una vita. Non è riuscito a portare avanti questo progetto fino alla fine, ma perlomeno nei momenti in cui lo ha fatto, sembrava felice. Il concerto si teneva all'aperto, in piena estate, e Mulligan, che non era piú giovane e aveva una folta barba, dirigeva gli altri musicisti, che avevano la metà dei suoi anni, con una facilità tale che dava l'impressione di maneggiare i suoi strumenti musicali.

Gli album che Mulligan ci ha lasciato sono quasi tutti eccellenti, ma spesso mi viene voglia, alla fine di una giornata estenuante, di versarmi un bicchiere di whisky e di mettere sul piatto del giradischi *What Is There to Say?* Il suono soave della tromba di Art Farmer e quello del sax baritono di Gerry Mulligan, bello come la notte profonda, hanno la capacità di portarci in un luogo perduto nei recessi del cuore. Un luogo nascosto, noto soltanto alle anime che sono state ferite.

GERRY MULLIGAN (1927-1996)

Nasce a New York. Negli anni Quaranta lavora come arrangiatore nella band di Gene Krupa, poi nel '48 entra a far parte del «nonetto» di Miles Davis, dove, oltre a curare l'arrangiamento, suona il sax baritono. Nel '52 si sposta sulla West Coast e forma insieme a Chet Baker un quartetto senza pianoforte, quartetto dal «contrappunto» straordinario, e dà forma al jazz della West Coast. In seguito torna a New York, dove suona con una grande band e ci lascia opere stupende.

What Is There to Say? (Columbia CL-1307).

Nat King Cole

A proposito di Nat «King» Cole, le prime canzoni che gli ho sentito cantare sono romantici brani di successo del genere di *Pretend* oppure *Too Young*. Le trasmetteva una radio a transistor (uno dei primi modelli in commercio) intorno al 1960. In quel periodo Nat King Cole aveva quasi smesso l'attività regolare di pianista jazz, e sfruttando quella sua voce dorata e leggermente nasale, con l'accompagnamento di un'orchestra di strumenti a corde, registrava uno dopo l'altro grandi successi per la Capitol. È strano ma, nell'interpretazione di Nat King Cole, non c'è brano che non diventi terribilmente dolce. Persino una canzone come *Ramblin' Rose*, tanto per fare un esempio.

Ero sicuro di averlo sentito cantare anche *South of the Border*, e con questo ricordo in mente ho scritto il romanzo *A sud del confine, a ovest del sole*. Peccato che in seguito qualcuno mi abbia detto che *South of the Border* non è mai stata nel repertorio di Nat King Cole (perlomeno non ne ha lasciato registrazione alcuna). Incredulo, ho consultato la sua discografia, e con mia grande sorpresa ho scoperto che in effetti quella canzone non c'era. Ha inciso moltissimi album di musica latino-americana, ma *South of the Border* no, mai.

Il che significa che ho scritto un intero romanzo basandomi su qualcosa di inesistente. Eppure – non lo dico per trovarmi delle giustificazioni – ho l'impressione che il risultato tutto sommato sia stato positivo. Perché leggere un libro, in definitiva, significa proprio assorbire l'atmosfera di un mondo inesistente come se fosse reale.

M. Wada 97

L'album che propongo qui, *After Midnight*, Nat King Cole lo incise nel '56, quando era diventato la star canora della Capitol, ed è saturo degli elementi essenziali del jazz. Gli altri membri della formazione sono tutti eccellenti. Come solisti ospiti di una *rhythm section* regolare (naturalmente al piano c'è Cole) ci sono Harry Edison, Willie Smith, Juan Tizol, Stuff Smith e altri. I brani non sono né troppo discreti, né troppo chiassosi e invadenti, c'è in essi un'arte difficile da eguagliare – in altre parole, è il lavoro di professionisti di un'epoca davvero splendida.

Non è una *jam session*, ma un'esecuzione in cui ogni solista a turno fa il suo *chorus*. Quanto all'atmosfera, fa pensare a dei musicisti che tornando dal lavoro si fermino un momento in un jazz club e siano invitati a salire sul palco. Anche il *planning* è maturo e piacevole.

Il pezzo che personalmente trovo piú bello è *Sometimes I'm Happy*, grazie alla performance di Stuff Smith: di tutti gli assolo al violino jazz che conosco, è quello che ha piú forza di persuasione. Vorrei proprio che le persone che diffidano dell'uso del violino nel jazz lo ascoltassero. Il luminoso strumento di Smith morde con soavità ogni nota e gentilmente leva il suo canto dietro la voce di Nat King Cole, sostenendola dal profondo parola dopo parola, senza allontanarsi né avvicinarsi troppo. Ascoltando questo brano, viene voglia di innamorarsi di nuovo.

NAT KING COLE (1919-1965)

Nasce in Alabama. Nel '37 forma con Oscar Moore e Wesley Prince un trio composto da piano, chitarra e basso, creando il primo *piano trio* moderno, in cui i tre strumenti hanno parti uguali. In seguito, per la dolcezza della sua voce, ottiene un grande successo come cantante, e nello stesso periodo, influenzato da Earl Hines, diventa un eccellente pianista dal tocco chiaro, in grado di suonare uno *swing* leggero e piacevole.

After Midnight (Capitol W-782).

Dizzy Gillespie

Il musicista che rappresenta in maniera piú vivida quella corrente del jazz che negli anni Quaranta ha segnato una generazione, il *bebop*, è ovviamente Dizzy Gillespie. Non è passato agli annali della musica jazz soltanto per il caratteristico berretto azzurro, i vistosi occhiali dalla montatura nera, il pizzetto, il vestito trasandato e cascante; o per la strana tromba girata all'insú, o ancora per i bei discorsi che faceva sul palcoscenico. No, è anche uno dei simboli piú pregnanti della sua epoca.

Detto ciò, se guardiamo dall'alto, a volo d'uccello, gli anni Cinquanta, credo sia evidente a chiunque che le magnifiche performance creative lasciateci da quel musicista naturalmente dotato che fu Charlie Parker superino, sia in profondità che in ampiezza, quelle brillanti e fantasiose (e per l'epoca estremamente intelligenti) di Gillespie. Se consideriamo Charlie Parker un mito luminoso, Dizzy Gillespie fu una splendida leggenda, forse ci si può esprimere cosí.

Basta ascoltarli suonare insieme per comprendere che i due si migliorano l'un l'altro e compensano le rispettive carenze. Quando sembra che Parker debba soffocare o dissolversi nella sua generosa melodia e nella profusione di immagini, Dizzy gli invia aria fresca e frizzante o stringe intorno a lui una cornice; quando la nebbia si addensa, Dizzy la lacera con una lama affilata. Si può dire che Gillespie si sia assunto un ruolo sgradevole. Mentre Parker, Powell, Monk e altri eroi «nocivi a uomini e animali», tra

M. Wada

un vizio e l'altro, ne facevano di cotte e di crude, Gillespie, che aveva un equilibrio relativamente solido, volente o nolente doveva accettare di far loro da portavoce.

Tutto questo però non c'entra nulla con il fatto che nessuno abbia mai potuto imitare quella sorta di follia, di frenetica atmosfera *woodoo* che si sprigiona dalla musica di Gillespie: non è costruita artificialmente, ma è qualcosa che sgorga dal fondo dell'anima. Penso che il vero fascino di Gillespie consista forse nella strana convivenza di questa sua primitività con la sua distaccata razionalità, il fatto che l'una e l'altra prerogativa si concilino e si escludano a vicenda. Se qualcosa manca alla musica di Parker invece, è proprio questa mescolanza, questa irrazionale contraddizione.

Dopo la morte di Parker, piú che le performance di Gillespie come improvvisatore in piccoli *combo*, giudico molto piú valide le sue esecuzioni in *combo* di medie dimensioni, fino alle grandi band da lui dirette. All'epoca il jazz orchestrale stava passando di moda – una vera sfortuna per Gillespie –, però il livello delle sue performance è altissimo, e in quegli assembramenti massicci e agguerriti si può sentire il palpito profondo e magico della sua anima. C'è lí una calda festosità, una pienezza che conquista il cuore. L'unica cosa da rimpiangere è che non ci sia piú nulla che ricordi Parker.

L'album *At Newport*, trattandosi di una registrazione live di un concerto fatto con la collaborazione di giovani musicisti in ascesa come Lee Morgan e Benny Golson, ci permette di assaporare pienamente la vena battagliera e l'energia profonda – la capacità di smantellare e sintetizzare – di Gillespie, che fa da *organiser* e da solista.

DIZZY GILLESPIE (1917-1993)

Nasce in South Carolina. Suona, tra gli altri, con Cab Calloway, finché nel '44 entra nell'orchestra di Billy Eckstine, e l'anno seguente forma la propria big band. Piú o meno alla stessa epoca, insieme a Charlie Parker, diventa uno dei creatori del *bebop*. In seguito si adopererà per far progredire la posizione del jazz nel panorama musicale, svolgendo un ruolo di ambasciatore culturale, e per tutta la vita sarà attivo come trombettista e musicista di altissimo livello. La sua personalità gioiosa, il suo viso mentre gonfia le guance suonando, furono amati da tutti.

At Newport (Verve MGV-8242).

Dexter Gordon

Dexter Gordon ha sempre evocato in me l'immagine di un albero. Di un'enorme e antica quercia che si erge nel bel mezzo di un campo. Alto, bello, taciturno, in testa un cappello che gli donava molto, suonava il sax tenore in maniera decisamente *cool*. Soprattutto negli ultimi anni, quando si trascinava dietro le cicatrici della tossicodipendenza e la solitudine dell'espatriato, esattamente come un albero proietta al suolo la propria ombra.

Ho iniziato ad amare la musica di Dexter Gordon quando sono entrato all'università. Mentre gli altri studenti ascoltavano trasognati, nei jazz bar, John Coltrane o Albert Ayler, sui quali intavolavano discussioni infervorate, io andavo in estasi per il *bebop* vecchio stile. Il primo disco di Dexter Gordon che ho ascoltato era della Savoy, e risale all'epoca in cui Dexter era giovane e si lanciava liberamente, in modo temerario e spontaneo, nei suoi tipici fraseggi. Anche *The Chase*, in cui rivaleggia con ardore ustionante con un altro sax tenore scatenato, il suo amico Wardell Gray, è magnifico. Naturalmente Charlie Parker aveva un suo modo speciale di essere prodigioso. Dexter però era uno dei miei eroi personali. Non so perché, bastava il suo nome a darmi le palpitazioni. Nel suono del suo sassofono potevo sentire «l'odore della polvere da sparo» del jazz. Cosí come il nome Alfa Romeo faceva vibrare il cuore di chi amava le automobili.

Nei confronti dell'ultimo periodo di Dexter Gordon, tuttavia, ero piuttosto freddino. Forse perché avevo ancora in testa l'immagine brillante degli anni della sua gioventú.

Ho ascoltato diverse sue registrazioni di quando suonava al Blue Note negli anni Sessanta, dopo aver rinnovato con entusiasmo il suo stile musicale, eppure non sono mai riuscito a farmi coinvolgere veramente. Avevo l'impressione che in esse «mancasse qualcosa».

Quello che mancava, per l'appunto, era «l'odore della polvere da sparo». Quella vibrazione nel cuore. Seguire fino in fondo il film interpretato da Dexter *Round Midnight* è una sofferenza. Perché per quel che mi riguarda, a prescindere dalla qualità artistica della pellicola, eccetera eccetera, è la registrazione di una sconfitta. Perché non è altro che una copia di tutte le cose ormai inghiottite nel fiume di sabbia del tempo, una copia che ha perso il suo profumo. Ma è chiaro che non è colpa di nessuno. Nessuno ha fatto nulla di male.

Ciononostante il disco che ho scelto di proporre qui – lo trovo strano io stesso – è una registrazione live che Dexter Gordon incise per la Columbia l'ultimo anno, nel 1976. Dal punto di vista qualitativo, ne fece di molto migliori. Ma dopo aver scritto su di lui quanto sopra, piú ci penso, piú mi convinco che devo per forza scegliere questo disco. Come testimonianza di quell'eccellente e originalissimo musicista che fu Dexter Gordon. Tornato dopo tanto tempo a New York, aveva suonato al Village Vanguard insieme alla band regolare di Woody Shaw e Louis Hayes (senza però René McLean), e in quell'occasione *our man, long tall* Dexter aveva eccezionalmente ritrovato il suo dinamismo, esibendosi con generosità in una performance estremamente eccitante. Una performance in cui si sente – eccome! – l'odore della polvere da sparo.

DEXTER GORDON (1923-1990)

Nasce a Los Angeles. Negli anni Quaranta si guadagna da vivere suonando come sax tenore nella band di Lionel Hampton. Ottiene molto successo anche suonando con un altro sax tenore, Wardell Gray. Negli anni Cinquanta smette per un certo periodo, a causa di problemi di tossicodipendenza. Dopo aver registrato nel '63 *Our Man in Paris*, vive principalmente in Europa. Ogni tanto torna negli Stati Uniti, dove nel '76 incide *Homecoming*. Negli ultimi anni, malgrado la sua salute sia definitivamente compromessa, diventa famoso come protagonista del film *Round Midnight*.

Homecoming (Columbia PG).

Louis Armstrong

All'età di undici anni Louis Armstrong, a causa di una stupida ragazzata, venne fermato dalla polizia e internato nel riformatorio di Los Angeles. Per lui, che aveva un legame affettuosissimo con la madre, la severa disciplina del riformatorio era insopportabile. A venire in soccorso alla sua tristezza fu l'incontro con la musica, che da allora gli divenne indispensabile come l'aria.

Quando entrò nella band del riformatorio, il primo strumento musicale che prese in mano fu un tamburello. Poi lo cambiò con un tamburo. Finché un giorno il ragazzo che suonava la tromba al riformatorio per annunciare la sveglia, l'ora dei pasti e il silenzio, per qualche ragione se ne andò, cosí da un giorno all'altro quel compito venne affidato a Louis, che imparò a suonare la tromba a velocità prodigiosa e riuscí a prendere il posto di quel ragazzo.

Ma non è tutto. Dovette rendersi conto che, nella vita, le persone possono conoscere degli strani mutamenti d'umore. Perché da quando era lui a suonare la tromba ogni giorno, tutti per qualche ragione si alzavano pieni di entusiasmo e andavano a dormire con spirito sereno: tanto era spontaneo e vellutato il suo modo di suonare.

A me questa storia – l'ho appresa leggendo *Giants of Jazz* (1957) di Studs Terkel – piace moltissimo. Perché riguardo alla musica di Louis Armstrong racconta quasi tutto quello che c'è da dire: la piacevolezza, la facilità, la naturalezza, la scorrevolezza... e innanzi tutto, quel tocco magico, miracoloso, capace di far cambiare umore a una persona.

M. Wada 92

Quando ascoltiamo la musica di Louis Armstrong, invariabilmente ci viene voglia di dire: «Quest'uomo suona con una gioia che sgorga dal profondo del cuore». Ed è una gioia che possiede una prodigiosa capacità comunicativa. Miles Davis rispettava il talento di Armstrong, però criticava aspramente la natura che lo spingeva, sul palcoscenico, a rivolgersi a un pubblico di bianchi sorridendo da un orecchio all'altro. Io però sono convinto che la gioia di Louis fosse genuina. Penso che per lui suonare la tromba ed essere ascoltato fosse già in sé un piacere quasi insopportabile, che lo induceva naturalmente a sorridere senza pensare ad altro.

Louis Armstrong fu uno degli ultimi musicisti jazz cresciuti con le *marching bands* di New Orleans. Le *marching bands* erano un genere di musica d'utilità pratica, destinata a consolare le persone che accompagnavano un funerale, oppure a ricordare le gioie inestimabili della vita a chi tornava dal cimitero. Invece Louis aveva uno scopo solo: far arrivare la musica alle orecchie e al cuore della gente.

Chiamava spesso la sua tromba *chopper*. Una mannaia di quelle che si usano per tagliare la carne, insomma. Vorrei che ascoltaste la registrazione che fece nel '28 di *West End Blues*, il suo solido, robusto modo di suonare. Comprenderete che salda mannaia tenesse in mano in quel momento. E forse anche quanto fosse felice.

LOUIS ARMSTRONG (1901-1971)

Nasce a New Orleans. Nel '24 entra nella band di Fletcher Henderson. Nel '25 registra a Chicago la sua prima performance da leader. Le *sessions* della sua band registrate negli anni Venti determinarono in maniera decisiva lo stile del jazz a venire. Il suo soprannome era «Satchmo». Non fu soltanto un trombettista straordinario, ma anche il primo musicista geniale nella storia del jazz, e non si può ignorare l'influenza che ebbe nel mondo del jazz anche come vocalist.

A Portrait of Louis Armstrong 1928 (Cbs/Sony 20AP-1466).

Thelonious Monk

C'è stato un periodo della mia vita in cui ero fatalmente attratto dalla musica di Thelonious Monk. Ogni volta che ascoltavo il suono particolare del suo pianoforte – che sembra scalfire un duro pezzo di ghiaccio – mi dicevo: «Questo è jazz». Il che costituiva per me un caldo incoraggiamento.

Un forte caffè nero, un portacenere pieno di mozziconi, delle grosse casse della Jbl, il libro che stavo leggendo in quel periodo (un Bataille, ad esempio, o un William Faulkner) in mano, il primo pullover dell'autunno, la solitudine di un angolo della città... ancora oggi queste scene dentro di me sono direttamente legate a Thelonious Monk. Sono scene stupende. Anche supponendo che in realtà non siano legate quasi a nulla, sono conservate in bell'ordine come splendide foto nella mia memoria.

La musica di Monk era ostinata e soave, intelligente ed eccentrica, e per una ragione che non capivo bene, nel complesso estremamente precisa. Una musica che aveva un'incredibile forza di persuasione su qualcosa nascosto dentro di noi. Era paragonabile a un uomo misterioso uscito dal nulla che appare all'improvviso, posa sul tavolo qualcosa di straordinario, e scompare cosí, senza dire una parola. Fare l'esperienza soggettiva di Monk significa accettare un enigma. Anche Miles Davis e John Coltrane sono musicisti geniali, sublimi. Però non furono mai, nemmeno una volta, «uomini misteriosi».

A partire da quando la musica di Monk ha perso quel suo genuino splendore? A dire la verità non lo rammento.

M. Wada 92

Uno dei suoi ultimi album, *Underground*, mi piaceva da impazzire, ma stranamente non ricordo bene quel periodo. Né saprei dire come la figura di Monk a poco a poco è andata offuscandosi senza che me ne rendessi conto, cosí il mistero e l'equilibrio delle scene legate a quella musica si sono gradualmente dispersi. E poi arrivò quel periodo sconclusionato e privo di miti che sono stati gli anni Settanta.

Questo Lp dal titolo simmetrico, *5 By Monk By 5*, lo comprai nel negozio Marumi Records che si trovava a Shinjuku, vicino al tempio shintoista di Hanazono. Era un disco di importazione, e per le condizioni delle mie tasche all'epoca, era piuttosto caro. Avevo chiesto *Prestige*, di Red Garland, ma il proprietario del negozio mi disse: «È vero che lei è giovane, ma non è una ragione per comprare una banalità del genere. Compri questo, piuttosto, e lo ascolti bene». Cosí, volente o nolente, ho dovuto prendere quello. Era un tipo davvero strano, quell'uomo.

Eppure aveva ragione lui. *5 By Monk By 5* l'ho ascoltato e riascoltato innumerevoli volte, ma non mi è mai venuto a noia. Ogni nota, ogni fraseggio era denso di un nutrimento che per quanto lo spremessi, non si estingueva mai. E io ho assorbito quel nutrimento fino in fondo, senza riserve, com'è privilegio dei giovani. In quei giorni, anche quando camminavo per la città, nella testa avevo il suono della musica di Monk. Se però volevo trasmetterne a parole la straordinarietà, non riuscivo mai a esprimermi in modo appropriato.

È una delle forme che sa prendere la solitudine. Questo pensavo all'epoca. Non era affatto male. Triste, ma non male. In quel periodo avevo l'impressione di collezionare diverse forme di solitudine. E intanto fumavo montagne di sigarette.

THELONIOUS MONK (1917-1982)

Nasce in North Carolina. Nel '40 viene assunto come pianista in un club di Harlem, il Minton's Playhouse, dove si fa notare. Nel '47 incide la sua prima registrazione come leader. Compone brani bellissimi, come *'Round Midnight*, *Blue Monk*, *Epistrophy* e molti altri, i quali, con la loro armonia dissonante e un senso del ritmo discontinuo e zoppicante, danno origine a un mondo musicale di grande originalità e splendido isolamento.

5 By Monk By 5 (Riverside RLP-1150).

Lester Young

Nessuno potrà contestare il fatto che Lester Young, Coleman Hawkins e Ben Webster siano da considerarsi i tre grandi sax tenore precedenti il *bebop*. Anche la sensibilità della loro splendida musica – il fraseggio spericolato e ambizioso di Hawkins, il sentimento poetico quieto ed equilibrato di Webster, e soprattutto l'immenso lirismo di Young, che cerca il libero volo dell'anima – sembra non essere invecchiata di un giorno.

Dei tre, quello che piú mi affascina è Young. Mi sono reso conto per la prima volta di quanto fosse bravo ascoltando una registrazione che Billie Holiday fece intorno al 1930. L'inserimento di un assolo al sassofono era davvero ben riuscito, incantevole. Quando ho guardato le note di copertina, ho scoperto che l'assolo era di Lester Young, e l'accompagnamento della band di Count Basie (o perlomeno dei suoi membri).

C'è una cosa che si capisce subito quando si ascoltano gli assolo di Young: all'epoca delle big band – un'epoca in cui ogni sassofonista soffiava nel suo strumento con quanto fiato aveva in corpo, con una foga da strappare la linguetta –, lui usava il suo sassofono in un modo molto *soft*, pieno di tenerezza. Componeva un suono naturale, come se parlasse a se stesso. Concepiva il ritmo in un quadro piú ampio, portando nella musica jazz una visione del mondo piú vasta. Era qualcosa di molto simile a ciò che voleva rifare Billie Holiday con la voce. Per entrambi però tale ricerca costituiva un grave fardello, e disgraziatamente né

M. Wada 92

l'uno né l'altro avevano la forza spirituale per sopportare quella pressione.

Proprio per questo, mi piacerebbe presentarvi la registrazione di una bella, calda collaborazione di Lester con Billie Holiday come il suo *best play*, ma l'ho già fatto nella scheda su Billie Holiday. Di conseguenza propongo qui un disco dell'ultimo periodo, l'Lp *Pres and Teddy* della Verve, che mi piace molto. A proposito, sarà forse un caso, ma anche Teddy Wilson, che in questo disco suona con Lester, è famoso come accompagnatore di Billie Holiday. Sfortunatamente nelle performance che Lester fece per la Verve ci sono molte incongruità, ma le due *sessions* che incise con Teddy Wilson nel gennaio del 1956 – *Pres and Teddy* e *Jazz Giants '56* – sono impeccabili, ogni singolo pezzo è bellissimo. Soprattutto nella ballata *Louise*, il suono di Lester ha un calore particolare, basterà ascoltarlo una volta per non dimenticarlo piú. La musica passa con naturalezza attraverso il suo corpo e, conservandone tutto il calore, straripa nell'aria intorno, questa è la sensazione che dà.

«La sua musica era meravigliosa, ma anche il suo strumento era qualcosa di insopportabilmente meraviglioso da guardare, – ha detto a proposito di Lester qualcuno che la pensava come me. – È uno strumento da poco, un assemblaggio di gomma, colla e materiali del genere, ma la musica che ne esce è davvero sublime».

Di tutti gli aneddoti che si raccontano riguardo al mio amato Lester Young, questo è quello che preferisco. Sí, non può essere che cosí, penso.

LESTER YOUNG (1909-1959)

Nasce nello Stato del Mississippi. Nel '33 entra nella band di Bennie Moten, in seguito suona principalmente come sax tenore nella band di Count Basie, lasciandoci numerose registrazioni dallo stile lirico e sereno. Accompagna spesso Billie Holiday, che lui chiama «Lady Day», la quale a sua volta gli dà il soprannome «Pres». Spiritualmente segnato da un servizio militare eccessivamente severo, cerca conforto nell'abuso di alcol e di droghe, abitudine che finirà per accorciargli la vita.

Pres and Teddy (Verve MV-2507).

Sonny Rollins

Cercherò di sintetizzare: c'è stata un'epoca – la situazione attuale non la conosco bene – in cui in città il jazz era la musica piú *cool*. E in particolar modo lo erano le performance al sax tenore. Il motivo per cui i musicisti che suonavano il sax tenore erano i piú *cool*, era che fra loro c'erano Sonny Rollins e John Coltrane. Anche Miles Davis, Art Blakey e Cannonball Adderley avevano successo, ma l'energia che emanava da Rollins e Coltrane quando suonavano, un'energia che «non si tirava indietro nemmeno di un passo», era qualcosa che nessun altro musicista avrebbe potuto imitare.

Potrei parlare di molti aspetti affascinanti di Rollins, ma quello che fu esclusivamente suo e di nessun altro, era la spaventosa forza di persuasione che esercitava quando suonava dei motivi popolari. In un attimo entrava nel cuore del brano, all'inizio lo scioglieva piano piano, poi lo ricomponeva come meglio gli pareva e di nuovo stringeva forte le viti. Lasciando la struttura cosí com'era, ne sostituiva il testo dall'interno. Anche la rapidità di quest'operazione mi ha sempre stregato. Neppure lo «scientifico» John Coltrane era capace di tanto.

Sono convinto che Rollins fondamentalmente non avesse una strategia. Prendeva in mano il suo sassofono e una volta deciso il brano, rivolto verso il microfono procedeva alla «scomposizione e ricomposizione», tirando fuori ogni cosa d'un fiato dalla sua testa, miracolosamente. È qualcosa di cui è capace soltanto un genio. Coltrane componeva

M. Wada 99

il testo un passo alla volta, come se salisse una scala, e fino alla fine costruiva la sua musica dialetticamente, analogicamente. Rollins era diverso. Dopo il primo gradino prendeva l'ascensore, e quando si aprivano le porte era già al ventiseiesimo piano: in lui c'era quest'aspetto junghianamente incauto. Questo suo modo di stravolgere le cose era forse un po' dogmatico, ma, quando le cose andavano secondo le sue aspettative, la sua energia era tanta e tale da far vibrare le ossa. Mi è capitato di ascoltarlo dal vivo in un jazz club di Boston, un assolo ininterrotto di trenta minuti – una cosa eroica – durante il quale ha improvvisato liberamente a suo capriccio, dopodiché dava ancora l'impressione che non gli bastasse. Un'impresa disumana! Anche se non ricordo affatto cosa abbia suonato.

Solo le persone geniali come lui sono in grado di fare tanto, e quando tutto va bene è un successo, ma se per caso le cose prendono una piega sbagliata, allora sono guai. A Rollins è capitato nell'ultimo periodo della sua vita, ma per fortuna è riuscito piú volte a fare marcia indietro.

Dei suoi album, quello che preferisco è *The Bridge*, che ha registrato subito dopo un lungo periodo di silenzio. La disposizione verticale del suono è molto vivace, ogni nota ha un'energia eccezionale, ciononostante Rollins, pur senza perdere la velocità originale, crea un'atmosfera introspettiva densa di ombre. Anche l'album *Saxophone Colossus* – un titolo che è una garanzia – è magnifico, ma per le persone che conoscono le impronte lasciate da Rollins in seguito, quel mondo musicale fin troppo luccicante ed evoluto raggiunge un livello di perfezione che a volte lascia perplessi. In confronto, ogni volta che ascolto *The Bridge*, mi sento stranamente emozionato. Può darsi che non lo si possa considerare l'opera migliore di Rollins, ma è sicuro che fa vacillare il cuore come una splendida arma contundente.

SONNY ROLLINS (1930)

Nasce a New York. L'ultimo gigante del *modern jazz* contemporaneo. Nel periodo d'oro degli anni Cinquanta domina la scena con Miles Davis, e nel '56 acquisisce fama mondiale con quel lavoro monumentale che è l'album *Saxophone Colossus*. Il suo brillante modo di suonare viene chiamato «Rollins' principle». Nelle sue performance cerca in modo del tutto sincero ogni possibilità di improvvisazione. Da quel perfezionista che è, piú volte annuncia apertamente il ritiro, ma sempre risorge dalle ceneri. Ancora adesso il suo fascino è unico.

The Bridge (Rca Victor LPM-2527).

Horace Silver

È una storia che risale a molti anni fa, ma una volta, quando ero liceale, misi da parte dei soldi e acquistai l'album *Song for My Father*. Con la mia ragazza passai da un negozio di musica che si trovava nel quartiere di Motomachi a Kōbe, e lo comprai. Il disco, ancora sigillato, era pesantissimo. L'indirizzo della casa di produzione Blue Note Records impresso sulla copertina era: «43, 61th street, New York».

La mia ragazza non aveva un particolare interesse per il jazz, ma trovò la copertina bellissima. Eravamo in autunno, il cielo era sereno, e di nuvole in cielo non se ne vedevano, se non molto in alto, aguzzando la vista. Ricordo persino questi dettagli. Perché l'acquisto di quel disco costituiva per me un avvenimento importantissimo. A quei tempi la Blue Note non dava licenza al Giappone di stampare i suoi dischi, quindi quello che comprai era necessariamente un articolo di importazione, che mi costò la bellezza di 2800 yen (1 dollaro valeva 330 yen). In un'epoca in cui si poteva bere un caffè per 60 yen, era una discreta somma. Al di sopra della portata di un liceale. Cosí quando riuscivo a procurarmi un disco, l'ascoltavo con tutta l'anima. Come il cane che tiene la testa infilata nella tromba del fonografo – il marchio della Victor –, tendevo spasmodicamente l'orecchio a ogni singola nota, alla lettera. Non arrivo a dire che quegli album fossero piú importanti della mia ragazza, ma mi stavano a cuore piú o meno allo stesso modo. Li toccavo, li annusavo, li guardavo da tutte le parti.

M. Wada 2000

Ogni disco era per me un tesoro, un biglietto prezioso che mi permetteva di entrare in un altro mondo. Non credo che al giorno d'oggi qualcuno si stringa al cuore il fodero di plastica di un Cd, per quanto bella sia la musica all'interno (oppure lo fa?)

Il brano che dava il titolo all'album, *Song for My Father*, possedeva uno strano senso dell'esistenza. Il ritmo era di bossanova, ma lenta, appiccicosa, quasi oscurata da un filtro... insomma, l'atmosfera era molto diversa da quella creata dalla bossanova di Stan Getz, che all'epoca andava di moda. Figlio di un uomo originario del Portogallo, nero, Horace da ragazzo soleva riunirsi con i vicini che avevano uno strumento musicale e suonare con loro. Si dice che abbia composto *Song for My Father* in ricordo di quell'epoca della sua vita. La nostalgia pervade piacevolmente il brano dall'inizio alla fine. Il mondo personale di Horace Silver vi appare in maniera vivida e in qualche misura magica, in uno stile che non è né *hard bop* né *funky*. La melodia è orecchiabile, ma ha molta profondità.

Vale anche la pena di prestare attenzione al sax tenore incisivo, un po' rude del giovane Joe Henderson. È un suono che, ascoltato a stomaco vuoto, ha un impatto fisico notevole.

Ho messo quest'album sul piatto del giradischi innumerevoli volte (ho anche comprato il Cd, ma finisco sempre col preferire il vecchio Lp in vinile), eppure non mi viene mai a noia. Ancora adesso, quando poso la puntina e parte quell'originalissima introduzione, mi sento battere il cuore. Nella canzone *Rikki Don't Lose That Number*, gli Steely Dan citano questa introduzione: e anche questa citazione, ogni volta che l'ascolto, mi fa accelerare i battiti cardiaci. Sul serio.

HORACE SILVER (1928)

Nasce nello Stato del Connecticut. Fondatore del *funky jazz*, fu il pianista e compositore piú importante del marchio Blue Note. Nel '53 definisce formalmente lo stile *funky* per il piano (*Opus the Funk*), e gode di grande fortuna come geniale creatore di melodie. Nel '56 forma il proprio quintetto, destando scalpore con il boom del *funky*. Uno dei suoi brani di maggior successo è *Song for My Father*.

Song for My Father (Blue Note BST-84185).

Anita O'Day

Fra le cantanti jazz bianche che sono apparse sulla scena musicale dopo Billie Holiday, se mi si chiedesse quale preferisco, probabilmente farei il nome di Anita O'Day, quasi senza esitazioni. Anche Chris Connor, Jane Christie e Helen Merrill hanno molto fascino, ma se posso esprimere la mia opinione personale, nessuna di loro è all'altezza di Anita O'Day.

La cosa piú bella di Anita, checché se ne dica, è che qualunque canzone interpreti, la fa subito diventare jazz. La sua principale qualità non consiste nell'emotività, nella grazia femminile o nell'intensità poetica, ma nella capacità di esprimere in modo semplice e diretto l'anima del jazz. I fraseggi a volte sono bruschi e ricordano una tromba, la qualità della voce è piuttosto secca e non si distingue per il volume. Però è jazz. Non sarà nulla di speciale, ma a me quel suo lato sincero piace.

Le altre cantanti bianche non mancano della capacità di diventare, ogni tanto, elusive, di chiudere gli occhi e abbandonarsi all'atmosfera. Anzi, è piuttosto Anita a esserne priva. Può darsi che dipenda dalla sua personalità, ma a lei non piace lasciare lati ambigui nella musica. Preferisce classificare le cose in modo netto: «Questo sta da questa parte e quello sta da quella». A volte è fin troppo risoluta, al punto che la linfa della canzone si perde. Ad alcune persone questo piace, ad altre no.

Come cantante, Anita ha subito molto forte l'influenza di Billie Holiday. Billie però sapeva scendere nelle profon-

M. Wada 97

dità piú oscure dell'anima dopo aver depurato il proprio canto di ogni ambiguità. Aveva questo spessore. Purtroppo ad Anita – e a essere sinceri a chiunque altro – tale forza d'animo manca.

Ciononostante, il canto di Anita mi ha piú volte colpito il cuore per la sua natura diretta. L'esempio piú prodigioso è la famosa scena in cui canta *Sweet Georgia Brown* nel film *Jazz on a Summer Day*. Sul palcoscenico di un concerto all'aria aperta in pieno giorno – quanto c'è di meno consono a una cantante jazz –, viene registrata dal vivo mentre a poco a poco attira sulla sua musica l'attenzione di un pubblico fiacco. Il suo modo di cantare monotono e carico di tensione raggiunge qui una vetta. O forse si tratta di un'altezza predefinita. In ogni caso è un'altezza molto personale e piena di umanità. Questa sola scena è bastata a far entrare Anita nella leggenda del jazz.

Peccato che Anita, però, non fosse in grado di reggere a una tensione interna tanto forte. È quello che la portò a fare uso di droghe e alla fine a soffrire di problemi psichici. Nella musica che ci ha lasciato, tuttavia, c'è una sincerità che non si può ignorare. La sua performance che preferisco è quella che registrò in un piccolo jazz club di Chicago con l'accompagnamento di un *piano trio*, in cui interpreta la bellissima canzone di Joe Albany *Loneliness Is a Well*. Ogni volta che la sento mi si stringe il cuore.

ANITA O'DAY (1919-2006)

Nasce nel '19 a Chicago. Nella prima metà degli anni Quaranta canta con l'orchestra di Gene Krupa, poi con quella di Stan Kenton. La canzone *Let Me Off Uptown* diventa un grande successo che la fa conoscere al grande pubblico. Negli anni Cinquanta si stacca dalle band e insieme al produttore Norman Granz incide numerosi album che la rendono famosa. La sua voce roca e il suo stile moderno e brillante avranno grande influenza sulle cantanti venute dopo di lei.

Anita O'Day at Mister Kelly's (Verve MGB-2113).

Modern Jazz Quartet

Quando ero liceale, tutto quel che conoscevo della moda maschile era lo stile *ivy*. Il che significa che all'infuori di quello non avevo scelta. Adesso verrebbe chiamato «tradizionale americano». All'epoca lo stile dei quattro uomini del Modern Jazz Quartet ci sembrava quanto di piú *cool* ci potesse essere.

A quel tempo c'era l'idea che i musicisti jazz avessero tutti un aspetto trasandato, si drogassero e conducessero una vita sregolata, ma i quattro tipi del Modern Jazz Quartet indossavano tutti quanti impeccabili completi neri come i Blues Brothers, camicie bianche con i bottoni al colletto e cravatte di seta. Avevano la barba ben curata, erano di bell'aspetto e sembravano intelligenti. E sul palcoscenico erano calmi e compassati come professori universitari. Forse era una strategia ideata da John Louis, ma facevano davvero la loro figura. Si restava affascinati. Ancora adesso Wynton Marsalis, influenzato dal loro stile, in concerto indossa completi di fattura italiana che costano un occhio della testa, ma non ha sul pubblico lo stesso impatto che avevano all'epoca i quattro uomini del Modern Jazz Quartet, sia per quanto riguarda la moda che per quanto riguarda la musica. C'era in quest'abitudine del Modern Jazz Quartet un messaggio semplice ed efficace: «Anche noi musicisti neri siamo intelligenti. Non siamo dei poco-di-buono. Cerchiamo il rispetto che ci meritiamo».

Paradossalmente, la forza del Modern Jazz Quartet come *ensemble* si trova nella sua capacità di disgregarsi. Lo si

n. Wada 99

capisce concretamente se si guarda il loro comportamento durante un concerto. Mentre gli altri tre si attengono rigorosamente a un suono collettivo prestabilito, Milt Jackson nel bel mezzo di un assolo, quasi non riuscisse a sopportare oltre quello stile formale, si toglie di colpo la giacca, si strappa di dosso la cravatta – evidentemente il gesto ha un significato metaforico – e inizia a suonare *swing* per conto suo. Eppure gli altri tre non sembrano farci caso e continuano impassibili e indifferenti a mantenere – perlomeno cosí sembra, anche se forse le cose stanno diversamente – il ritmo tipico del Modern Jazz Quartet. Quando ha finito di fare quello che voleva fare, Jackson, come se non fosse successo nulla, si rimette con calma giacca e cravatta. E la cosa si può ripetere. Il risultato di questa elasticità, di questa capacità di riconvertirsi, è estremamente eccitante, e «fa» estremamente jazz. Per questo motivo il Modern Jazz Quartet ha cambiato formazione soltanto una volta, per un intero ventennio il quartetto ha continuato a esistere commercialmente e a mantenere un alto livello musicale.

È chiaro però che non c'è nulla al mondo che possa durare in eterno: a partire da un certo momento, il Modern Jazz Quartet ha perso il suo originale potere creativo ed è caduto nella routine, con la conseguenza che i quattro si sono separati e hanno preso ognuno la propria strada. Ma quando si torna a guardare i loro vecchi film degli anni Sessanta, si avverte ancora la grande freschezza della loro musica. Il battito d'ali di un'anima libera che è presa in una rete e cerca di evadere arriva vividamente alle nostre orecchie. In poche parole: quello era jazz. Viene spontaneo ascoltarlo seduti in posizione corretta. Non parlano molto, i quattro del Modern Jazz Quartet, ma quello che devono dire lo dicono con grande eloquenza.

MODERN JAZZ QUARTET

Quartetto formatosi nel '52, durante le *rhythm sections* di Dizzie Gillespie. John Lewis al piano, Milt Jackson al vibrafono, Percy Heath al contrabbasso e Connie Kay alla batteria (in origine Kennie Clarke). A comporre i brani sono soprattutto Lewis e Jackson. Portano nel jazz una qualità raffinata, un profumo di vecchie canzoni europee. Fra i loro capolavori *Django* e *Concorde*.

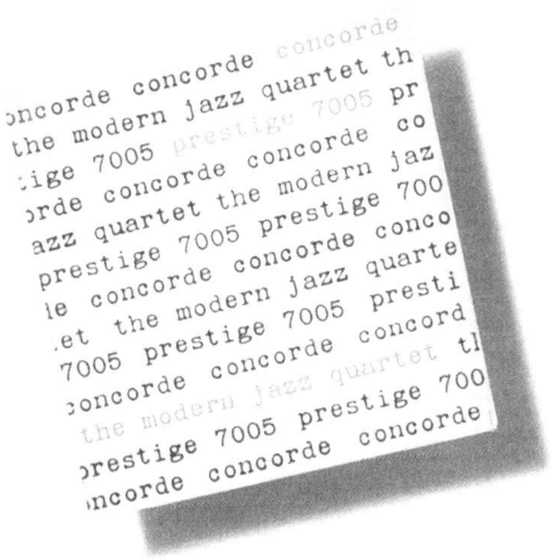

Concorde (Prestige 7005).

Teddy Wilson

Quando ero giovane, mi infervoravo spesso per le performance di Teddy Wilson. Ho collezionato parecchi suoi dischi. A pensarci bene, non c'era nulla di strano nel fatto che un giovane di poco piú di vent'anni, pieno di energia, ascoltasse Teddy Wilson, può darsi che ci fosse in lui qualcosa capace di penetrare profondamente nell'animo, se non addirittura nel sangue ardente di un ragazzo.

Però a poco a poco, cosí come gradualmente si smette di fare acquisti in un certo negozio, mi sono allontanato dalla sua musica. Se a volte, mentre bevo qualcosa in un bar, in sottofondo sento il suono del suo piano, mi dico: «Ah, è Teddy Wilson! È magnifico!», ma non per questo quando torno a casa mi affretto a tirar fuori dallo scaffale un suo vecchio album e a metterlo sul piatto del giradischi.

Non posso dire che mi sia venuto a noia. Piuttosto, la sua musica e la società avanzano a ritmi diversi, quest'ultima è molto piú veloce – per fare un paragone con il mondo della maratona, non se ne vede piú la schiena. O per esprimermi piú semplicemente, la realtà della nostra vita quotidiana è troppo frettolosa per la serenità che la musica di Wilson porta alle nostre orecchie.

Non sto dicendo con questo che Teddy Wilson sia datato e ai giorni nostri non valga piú la pena di ascoltarlo. Ci sono cose che proprio perché appartengono a un tempo passato, paradossalmente ci toccano piú a fondo nell'animo. La dolcezza della sua musica è un ricordo ben radicato nel mio cuore, e sono convinto che ancor oggi c'è dentro

M. Wada '99

di me da qualche parte, magari soltanto un pochino, un giovane solitario dal sangue ardente che ama ascoltare il piano di Teddy Wilson.

La bellezza della musica di Wilson consiste nel suo particolare modo di raccontare. Nelle sue performance non c'è la forza demoniaca di Art Tatum, né l'incisività innovativa di Bud Powell. E neppure lo stile energico di Thelonious Monk. Tuttavia non esistono altri pianisti che come lui abbiano il dono di una narrazione intima e pacata.

Non è tutto qui, però. A volte si dice di una persona che «sa parlare, ma sa anche ascoltare». Ecco, esattamente questo è Teddy Wilson. Il suo piano non fa soltanto scorrere qualcosa. Sa anche tirar fuori da chi ascolta tutto quello che avrebbe voglia di raccontare, e sa inserirlo armoniosamente nella propria musica. C'è un cuore che pulsa, un'anima sincera, uno scambio di sentimenti che non è facile esprimere a parole. Per questo motivo ci succede ogni tanto di percepire nel suo modo di suonare l'esistenza di qualcosa di speciale, di consolatorio. Qualcosa di estremamente naturale e umano. A volte si sente qualcuno criticare Teddy col pretesto che qualunque suo brano si ascolti, si ha sempre la stessa impressione. A queste persone io rispondo: «È normale che suoni sempre come Teddy Wilson, considerato che non c'è nessuno che possa sostituirsi a lui». Non ho ragione?

Dei dischi del Teddy Wilson Trio, quello che preferisco è questo *Mr Wilson. The Fabulous Teddy Wilson at the Piano* della Columbia. L'atmosfera piacevole e convicente di ogni brano, checché se ne dica, non la troverete in nessun altro pianista.

TEDDY WILSON (1912-1986)

Nasce nel Texas. Fa la gavetta a Chicago e a New York, poi nel '35 forma un trio con Benny Goodman e Gene Krupa. Trio che attira grande attenzione, essendo la prima formazione mista di musicisti bianchi e neri. Al tempo stesso Wilson registra molte performance con altri brillanti talenti dell'epoca dello *swing*, e in alcune di queste fa uno splendido lavoro come accompagnatore di Billie Holiday. In seguito insegnò musica e si esibí in diverse tournée nel mondo. È stato un pianista leggendario.

Mr Wilson. The Fabulous Teddy Wilson at the Piano (Columbia CL748).

Glenn Miller

Glenn Miller allo scoppio della Seconda guerra mondiale, quando era nel pieno del successo, venne arruolato col grado di maggiore nell'aviazione americana; cosí incontrò una morte tragica sul canale della Manica, in seguito a un incidente aereo, e divenne una bella leggenda. Leggenda magistralmente impersonata da James Stewart nel film in memoria del grande musicista. Glenn Miller è morto, ma la sua musica, prodigiosamente, è ancora viva.

Musica che, piú che jazz, sarebbe meglio definire una «musica ballabile intarsiata di jazz». Miller infatti non ha la forza innovativa del suo contemporaneo Benny Goodman, con cui condivise il successo, o perlomeno non si coglie un effetto *swing* nei suoi dischi. Tutt'al piú un accenno elegante, come il fluttuare di una tenda di pizzo mossa dalla brezza. Della sua band fecero parte molti musicisti eccellenti, ma non erano autorizzati a eseguire dei veri e propri assolo. Anche se non possiamo essere sicuri che questo non avvenisse durante i concerti.

Ciononostante, nessuno può negare che nelle registrazioni che Miller ci ha lasciato, la sua musica abbia una bellezza dallo stile molto personale. All'epoca, per le giovani coppie di innamorati deve aver avuto una grande utilità pratica. E non credo che loro si chiedessero se fosse veramente jazz oppure no. Era una musica fatta apposta perché un ragazzo e una ragazza passassero una meravigliosa serata tenendosi stretti l'uno all'altra. Quello che faceva lo *swing*, in quei momenti, era piuttosto il loro cuore.

M. Wada 99

Quando avevo undici o dodici anni, in un programma di musica popolare a richiesta di un canale radio di Kōbe, insieme a canzoni della nuova tendenza pop di Elvis Presley o di Bobby Darin, ogni tanto mandavano in onda dei pezzi di Glenn Miller. Tanto per fare un esempio, dopo *Hound Dog* poteva venire *A String of Pearls* o *In the Mood*. Non so se la situazione fosse la stessa in tutto il Giappone o se fosse una particolarità della città di Kōbe, in ogni caso agli inizi degli anni Sessanta, nell'ambiente che frequentavo, Glenn Miller passava per uno che suonava canzoni pop.

Quindi per me la dozzina scarsa di brani di successo che ci ha lasciato, piú che appartenere al lontano passato, è qualcosa che continua a parlarci, qualcosa che mi mette nostalgia. Quando ho scritto il mio primo romanzo, *Ascolta la canzone del vento*, ricordo di aver pensato a un certo punto che se da quel libro si fosse mai tratto un film, *Moonlight Serenade* sarebbe stata perfetta in sottofondo allo scorrere dei titoli di testa. Perché ha un'atmosfera stranamente classica che si può anche definire una sorta di «vuoto d'aria». Nella mia testa, lo scenario di Kōbe in quel periodo in qualche modo è collegato a *Moonlight Serenade*. Uno scenario che non appartiene a un tempo o a un luogo definito.

Nell'album *Music Made Famous by Glenn Miller*, registrato nel 1961, i membri della vecchia band di Miller – Ray Eberle, Tex Beneke, The Modernaires – si riuniscono di nuovo e fanno splendidamente rivivere il suono del loro leader. Ascoltando questo disco in una sera d'estate, un bicchiere di granita ghiacciata in mano, si finisce col pensare: «Che importanza ha se non è *swing*?»

GLENN MILLER (1904-1944)

Nasce in Iowa. Suona il trombone, ma è famoso soprattutto in quanto leader di una band all'epoca della nascita dello *swing*. Conquista il paese con le sue melodie dolci e carezzevoli all'orecchio. Nel '37 forma la sua band, con la quale lancia una dopo l'altra canzoni di grande successo come *Moonlight Serenade* e *In the Mood*. Nel '37 si arruola e a capo di una band militare suona in diversi luoghi per portare conforto ai soldati, ma muore in un incidente aereo sorvolando il canale della Manica. Nel '54 venne prodotto il film commemorativo *La storia di Glenn Miller*.

Music Made Famous by Glenn Miller. Silver Jubilee Album (Warner Bros. WS1468).

Wes Montgomery

Quando ho sentito per la prima volta Wes Montgomery alla chitarra, ho pensato: «Questo tipo è diverso da chiunque altro». Bello il tono, bello lo stile, e una freschezza straordinaria. La musica Wes non l'estraeva a fatica dalla sua testa, lambiccandosi il cervello. No, l'impressione era piuttosto che tutto venisse fuori da lui spontaneamente, senza sforzo, ed era qualcosa che non potevo fare a meno di ammirare.

Quel suo fascino innato sgorga in forma stupenda, prodigiosa, nel disco registrato dal vivo *Full House* – anche grazie al contributo di Johnny Griffin al sax tenore, essenziale e appassionato. Quanto all'album *Smokin' at the Half Note*, dove Wes Montgomery suona insieme a Wynton Kelly, è bellissimo, ma ad ascoltare bene l'*ensemble* formato dai due, ci sono delle parti che non scivolano in modo fluido nell'orecchio. Perché i due rispettivi stili, sia l'uno sia l'altro molto personali, sovrapponendosi, a tratti risultano eccessivi. Nella collaborazione tra Griffin e Wes c'è invece una separazione dei ruoli che funziona molto bene. La voce tenorile dell'*hard boiled* Griffin, duro come un *nigiri*[1] ben compresso, e il suono ricco e carico di dolcezza di Wes, si fondono insieme in maniera molto armoniosa. I due musicisti si punzecchiano e si stimolano a vicenda. Anche qui al pianoforte c'è Kelly, ma quando si

[1] Polpette di riso bianco bollito e compresso, all'interno delle quali si possono mettere diversi ingredienti (pesce, verdure, eccetera).

limita all'accompagnamento, si trasforma completamente e ha un fascino che lascia a bocca aperta.

Tuttavia, da quando Wes definí il suo stile nei concerti personali e divenne un musicista famoso in grado di tenere cartellone, ben poche volte suonò insieme a una tromba. All'inizio della sua carriera aveva registrato diversi album con i fratelli Adderley e con Harold Land ma, degli album che incise con il suo gruppo, soltanto in questo *Full House* inserí una tromba. In compenso succedeva che lavorasse con musicisti che usavano l'organo, oppure che si facesse accompagnare da grandi orchestre. Probabilmente il suo modo di usare il suono divenne sempre piú ricco e per questo motivo gli era difficile inserire degli assolo di altri musicisti. Però lo splendido abbinamento di tromba e chitarra che si può ascoltare nella performance con Griffin è qualcosa che fa danzare il cuore.

È bella anche la *session* insieme a Jimmy Smith, e credo che tutta la serie registrata per la Cti sia riuscita molto bene. Non ho intenzione di contestare questi album solo perché sono altamente commerciali, li ascolto a volte con piacere. Però non si può negare che man mano che Wes avanzava nella sua carriera, si percepiva sempre piú forte, nel suo modo di suonare e nelle sue sfumature armoniche, un qualcosa di programmato. Trattandosi di un musicista di tale fama e bravura, penso che non sarebbe stato male se ogni tanto lungo la sua strada ci avesse riservato qualche sorpresa. Be', non voglio insistere troppo su certi dettagli, tanto era probabilmente un tipo testardo.

Secondo i suoi biografi, intorno al 1961 suonò piú volte con John Coltrane sulla West Coast, ma purtroppo di queste performance non restano registrazioni. Come saranno state? Darei non so cosa per ascoltarle.

WES MONTGOMERY (1923-1968)

Nasce a Indianapolis. A partire dall'età di circa venticinque anni inventa la tecnica – che diventerà il suo marchio di fabbrica – di suonare la stessa nota su due corde diverse a un'ottava di distanza. Nel '59 viene notato da Cannonball Adderley e firma un contratto con la Riverside. Nel '60, con *The Incredible Jazz Guitar*, in un balzo arriva alla celebrità. In seguito registra *Full House* e molti altri album famosi, finché muore all'improvviso per una paralisi cardiaca.

Full House (Riverside RLP12-434).

Clifford Brown

A giudicare dai dischi che ci ha lasciato Clifford Brown, sono convinto che non esiste musicista al mondo pari a lui per intensità artistica. Ogni suo album è di una qualità prodigiosa, appassionato ed emozionante, oltre che altamente innovativo. Il periodo in cui registrò le sue performance durò in tutto solo quattro anni, ma in quel breve tempo Brown colse ogni occasione che gli si presentava, suonò a piú non posso fino a consumarsi, senza conoscere fallimenti o smarrimenti, finché morí in un incidente d'auto proprio al culmine del successo. Lui che non aveva mai fatto uso di alcun tipo di droga – cosa molto rara all'epoca –, paradossalmente è rimasto in questo mondo meno degli altri. Non si può dire che abbia «vissuto troppo in fretta», la mia sensazione è piuttosto che un certo tipo di esistenza sia già in sé regolato per non reggere a una lunga durata.

L'album di Clifford che preferisco è *Study in Brown*. L'ho acquistato in edizione giapponese quando ero studente e in seguito l'ho sempre ascoltato con intenso piacere, ma alcuni anni fa, in un negozio di dischi usati di Boston, ho trovato un'edizione originale in vendita per 3 dollari e 99 cents, cosí l'ho comprata. Per me è stata una gioia. E non riesco a immaginare perché costasse tanto poco. Ma ancora piú del prezzo, quello che mi ha reso felice è il fatto che la qualità della registrazione fosse strabiliante. Avevo sempre apprezzato anche la mia modesta copia giapponese, ma ascoltando l'originale sono rimasto sbalordito, come se mi fosse caduto un velo dagli occhi. Avevo la sen-

sazione che Clifford Brown suonasse a pochi passi da me. Io non sono un fanatico delle edizioni originali, ma è vero che ogni tanto riservano di queste sorprese.

In ogni caso, la musica di Clifford Brown è impregnata di tutte le stupende caratteristiche che compongono quella forma musicale che si chiama «jazz». È un traguardo che si può definire miracoloso. Qualunque appassionato lo riconoscerà.

Ciononostante, non ho mai incontrato nessuno che amasse ciecamente la musica di Clifford Brown. E per dire tutta la verità, non riesco ad amarla ciecamente nemmeno io. Posso tributare a Brown un rispetto senza riserve. Ma non posso dedicare tutta la mia emozione alla sua musica. Per quale motivo? Forse perché non si riescono a cogliere in essa la debolezza, gli eccessi, il disorientamento o le contraddizioni insite in modo inestirpabile nella natura umana. Per qualche ragione, che piaccia loro o meno, la maggior parte delle persone sono attratte dall'arte che va al di là di ogni buonsenso, carica di debolezza, di disordine e di depravazione.

È chiaro che questo non è responsabilità di Brown. Non si può proprio dire che lo sia. Tanto musicalmente quanto personalmente, nella sua vita non ebbe il tempo di dedicarsi agli eccessi. La morte gli stava alle calcagna, soffiandogli fiato freddo sul collo. La musica di Clifford Brown si erge solennemente in un luogo che si trova al di là del facile amore cieco, e noi possiamo soltanto abbassare in silenzio la testa davanti a essa.

CLIFFORD BROWN (1930-1956)

Nasce nel Delaware. Viene affettuosamente chiamato Brownie. Scoperto da Fats Navarro e da Dizzie Gillespie, dal '51 in poi fa parte di diverse band. Nel '54 insieme a Max Roach forma il Brown-Roach Quintet, che entrerà nella storia del *modern jazz*. La sua breve carriera dura solo fino all'età di 25 anni, quando trova la morte in un incidente stradale, eppure registra diversi dischi di grande successo, per una casa di produzione del livello della EmArcy. Accompagnò anche diverse cantanti, particolarmente famoso è il concerto insieme a Helen Merrill.

Study in Brown (EmArcy MG-36037).

Ray Brown

La maggior parte degli appassionati e dei critici di jazz riconoscono che Ray Brown fu un bassista eccellente che combinò una tecnica straordinaria con l'anima del jazz, ma tra coloro che si sono avvicinati al jazz di recente non sono pochi quelli che fanno una faccia scettica e dicono con convinzione: «Tutti affermano che Ray Brown è un musicista eccellente, ma in che cosa eccelle?» E un bassista altamente tecnico quale Bill Crowe, che suona il contrabasso con una tale leggerezza da sembrare una chitarra, esprimendo un giudizio basato su criteri attuali ha detto: «Il suono di Ray Brown a volte ha qualcosa di un canto pastorale».

I bassisti dell'epoca *bop* – un'epoca in cui la tecnica degli amplificatori non era ancora molto sviluppata – per impedire che il suono del proprio strumento venisse coperto da quello degli altri dovevano suonare piú forte che potevano, e per ottenere questo risultato erano obbligati a usare un ponticello piú alto possibile. Questo implicava che mettessero nelle dita una forza eccessiva, e trovassero quindi estremamente difficile suonare passaggi complicati e veloci. In quell'epoca in cui si faceva tanta fatica, i piú famosi al mondo per la loro tecnica erano Oscar Pettiford, Charles Mingus e Ray Brown.

Tuttavia, a partire dagli anni Sessanta, la qualità degli amplificatori e anche la tecnica di registrazione conobbero uno sviluppo rapidissimo, e per potersene giovare Scott LaFaro elaborò una nuova concezione di come andava suonato il contrabbasso. A ogni modo, indipendentemente

M. Wada 99

dal succedersi delle epoche, ancora oggi, se consideriamo i bassisti che lavorarono scrupolosamente e correttamente secondo i criteri ritenuti ortodossi a quei tempi, li troviamo tutti bravi e molto piacevoli. Dato che Pettiford e Mingus sono morti da tanto tempo, adesso a testimoniare di quell'epoca resta solo Ray Brown[1]. Se avete l'occasione di ascoltare una sua performance live, non fatevela scappare. Finirete col pensare: «Sí, questo è il vero basso jazz».

Nelle performance di Ray Brown non ci sono stratagemmi superflui. L'impressione è che suoni con noncuranza, *business as always*. A volte esegue anche degli assolo tecnici poco convincenti, ma non si può dire che faccia delle esibizioni di virtuosismo. È come una persona dalla parlantina sciolta che discorre del piú e del meno, e a un certo punto con molta disinvoltura tira fuori qualcosa di straordinario. Il concetto di base – per cui suonare il contrabbasso consisterebbe alla lettera nel segnare il ritmo e far sapere agli altri musicisti dove si trovano in quel momento – lui l'ha assorbito fino al midollo. Tutto il resto è solo «un servizio extra per il cliente». Un servizio che Ray però fa col sorriso sulle labbra. E dopo averlo ascoltato suonare, l'idea che il jazz abbia raggiunto la completezza mette radici in noi. Dobbiamo riconoscere che è un grande, no?

Di Ray Brown, vi consiglio di ascoltare qualcosa dell'epoca in cui era un eroe in prima linea, e in questo senso le registrazioni del periodo in cui formava un trio con Oscar Peterson sono le piú folgoranti, ma la migliore per qualità di registrazione e facilità d'ascolto è *The Poll Winners*, della Contemporary; in quest'album la performance di Ray Brown è calda e bella, piena di fine umorismo. La sua musica è lo sbocco naturale della sua umanità. Angosce e rovelli introspettivi dobbiamo cercarli in qualcun altro.

[1] Ray Brown è morto all'età di settantacinque anni nel 2002, proprio l'anno in cui scrissi questo pezzo.

RAY BROWN (1926-2002)

Nasce a Pittsburgh. Uno dei giganti del jazz, famoso per la sua tecnica straordinaria. Nel '53, dopo che il suo talento viene riconosciuto da Dizzie Gillespie, suona con tutte le maggiori stelle, a cominciare da Charlie Parker. Nel '51 entra a far parte dell'Oscar Peterson Trio. Nel '66 si stacca e a partire dal '70 inizia a registrare con la sua formazione. Al tempo stesso riprende l'attività con Peterson. Tra il '48 e il '52 accompagna anche Ella Fitzgerald.

Barney Kessel with Shelly Manne and Ray Brown. The Poll Winners (Contemporary C-3535).

Mel Tormé

Sono andato a sentire un concerto di Mel Tormé al Carnegie Hall di New York alcuni anni prima che lui morisse. Accompagnato da una piccola band in un arrangiamento di Frank Foster, Mel Tormé presentò con voce piena di pathos una *line up* affascinante. Un Gerry Mulligan «di passaggio» fece un'apparizione imprevista e suonò al sax baritono diversi pezzi notevoli. Mulligan sarebbe morto poco dopo.

Anche col passare degli anni, Mel Tormé non perse mai il suo stile spigliato e disinvolto, che restò tale e quale dall'epoca della sua giovinezza fino alla morte. La sobria eleganza che si addice a chi ha raggiunto una certa età, pare che non fosse nelle sue corde. Non faceva discorsi complicati, e superava facilmente le avversità. Non si affaticava. Sulle labbra aveva sempre un sorriso affabile. L'espressione «un uomo di mondo newyorkese» gli si confaceva perfettamente.

Mel Tormé in realtà all'inizio suonava la batteria, mentre Buddy Rich cantava. Sia l'uno che l'altro, nello stesso periodo, cantavano e suonavano la batteria. Erano buoni amici, ma soffrivano per il fatto di essere diventati rivali. Può darsi che un giorno si siano parlati e siano giunti a un accordo – «Okay, Buddy, io mi limiterò a cantare, quindi tu limitati a suonare la batteria» –, questo io non lo so, fatto sta che a partire da un certo momento Mel fece solo il cantante, e Buddy solo il batterista, ed entrambi divennero famosi nei rispettivi ruoli. Se fu un bene o un male,

lo si può giudicare solo dai risultati, ma forse fu meglio cosí che non il contrario.

La maggior parte degli album che Mel Tormé ci ha lasciato sono impregnati del profumo di un jazz di buon gusto, ed è difficile sceglierne uno da proporre come campione. Quelli incisi dal suo gruppo del periodo iniziale – The MelTones –, nella loro malinconia sono molto piacevoli; gli album degli anni Cinquanta, in cui registrava per la Bethlehem e la Verve, hanno un'energia a getto continuo, e quelli della Atlantic degli anni Sessanta raggiungono il massimo vigore. Anche le cose che fece nell'ultimo periodo, se si chiude un occhio su un certo eccesso di precisione, sono ineccepibili.

Detto ciò, se posso suggerire un disco in base al mio gusto personale, proporrei questo *¡Olé Tormé!* È un album che riunisce dodici pezzi di musica latino-america di moda all'epoca: per essere *easy* lo è, ma l'arrangiamento di Billy May è fantastico. Di solito, quando pensiamo a Mel Tormé, ci viene in mente l'accompagnamento intimo e intelligente di Marty Page con la sua formazione di media grandezza, che in sé è stupendo, ma la cui atmosfera alla lunga può stufare. In confronto, il suono di Billie May, che si sviluppa in modo un po' rude e innovativo, incalzando senza tregua Mel Tormé, crea in questo album un'inusuale vibrazione. C'è la disinvoltura elegante, il controllo perfetto, la qualità del gusto, insomma il solito mondo unico di Mel Tormé, qualcosa che è difficile da definire. Sarebbe stato bene registrare altre cose di questa formazione, ma può darsi che Mel non fosse contento di stravolgere la nobiltà delle canzoni in uno stile alla Frank Sinatra.

Piccoli night club eleganti e accoglienti come se ne trovano in ogni angolo delle metropoli, pellicce, champagne e cocktail, questo era il mondo in cui visse Mel Tormé. Lui non cercava il suono alla Sinatra, le grandi hall di Las Vegas. Sarà anche stata la raffinatezza delle raffinatezze, ma non si può dire che non fosse un po' un peccato.

MEL TORMÉ (1925-1999)

Nasce a Chicago. Uno dei maggiori vocalist maschi del jazz. Sale per la prima volta su un palco all'età di quattro anni e a nove canta in un programma radiofonico. Nel '43 forma il proprio gruppo, Mel Tormé and His MelTones, che diventa il precursore del coro nel *modern jazz*. Dopo la guerra si lancia in una seria carriera di cantante. Negli anni Cinquanta e Sessanta si esibisce in molti ambiti – sul palcoscenico, per la televisione e nel cinema. Anche come compositore ci ha lasciato molte canzoni di successo, come *Born to be Blue*.

¡Olé Tormé! Mel Tormé Goes South of the Border with Billy May (Verve MGV-2117).

Shelly Manne

Shelly Manne, da qualunque punto di vista lo si consideri, è un batterista dotato di eloquenza. Questo non significa che «chiacchieri». Parla, ma non dice banalità. La sua autostima come musicista dipende dall'esattezza di questa sottile linea di demarcazione.

Se lo paragoniamo a un ristorante, è una *nomiya*[1] dove arrivano in tavola uno dopo l'altro piccoli piatti di cosine buone. Ogni piatto è preparato con cura, si presenta bene ed è inventivo. Il padrone è gentile e affabile, non vi secca vantandosi del suo locale, studia il cliente e lo serve adattandosi al suo umore. Certo non vi regala nulla, ma il rapporto qualità-prezzo è piú che ragionevole. Non è un posto *hard* come il Max Roach[2] di fronte, dove il padrone è scortese, il locale mal illuminato, e dove rischiate di sentirvi dire: «Basta che il cibo sia buono. Mangiate e bevete in silenzio, e quando avete finito sloggiate. Senza fare commenti idioti». Per questo motivo Shelly Manne ha avuto molto successo.

Quando ho iniziato a interessarmi alla musica jazz, dopo aver sentito *My Fair Lady* nella versione di Shelly Manne, non facevo altro che ascoltarlo dal mattino alla sera. Tanto che alla fine ricordavo le improvvisazioni a memoria. Di conseguenza ancora adesso, nei confronti di Manne, ho tendenza a essere indulgente. E se posso esprimere la mia opinione alla luce di questa mia indulgenza, tutti gli

[1] Locale popolare, dove si va per bere, ma si può anche mangiare qualcosa.

[2] Max Roach (1924-2007) fu un batterista, percussionista e compositore statunitense.

M. Wada 99

album che lui ha registrato per la Contemporary, dal primo all'ultimo, sono bellissimi; un appassionato di jazz che li comperi non se ne pentirà. Soprattutto le registrazioni dal vivo valgono la pena di essere ascoltate.

Davanti a questa mia affermazione, molti degli appassionati giapponesi, fissati con i musicisti neri soprattutto quando si parla di batteristi, scuoteranno la testa, però se tutte le *nomiya* del mondo fossero del tipo Max Roach, verrebbero a noia, no? Mi piacciono sia Max Roach che Art Blakey, ognuno a modo suo. Ma sono stimolato dal *drumming* melodioso, di buon gusto, eloquente e conciso di Shelly Manne, mi piace vedere (o piuttosto ascoltare) i musicisti ben educati della West Coast quando suonano in maniera un pochino piú *hot* del solito. Sentire sulla pelle il loro calore è qualcosa che mi procura una vera gioia.

Scrive Ross Macdonald: «C'è gente che dice che la California non vale niente perché mancano le quattro stagioni. Invece le stagioni ci sono eccome! Semplicemente non tutte le persone sono in grado di percepirle». Questa sua frase è celebre.

Fra gli album di Shelly Manne, quello che preferisco è *Shelly Manne & His Men at the Black Hawk* (è un set di quattro dischi, ma di recente è uscita in Cd una quinta raccolta). Ascoltarne la natura febbrile è esaltante. Joe Gordon alla tromba e Richie Kamuca al sax tenore, in primo piano, ci regalano degli assolo stringati e leggeri che non possono lasciarci insoddisfatti, mentre Victor Feldman al piano (a volte un po' troppo rumoroso) mette un tocco di disinvoltura. Shelly Manne, il leader, alle loro spalle tira fuori ogni sorta di condimento e prende a calci nel sedere gli altri musicisti. In confronto alle band nere della East Coast dello stesso periodo, qualcuno dirà forse che manca di spessore emotivo. Ma quelli sono una cosa, e questi della West Coast un'altra. Se qualcuno pensa che questo disco non costituisca una delle gioie che ci può dare il jazz, penso che possa anche fare a meno di ascoltare musica jazz.

SHELLY MANNE (1920-1984)

Nasce a New York. Uno dei migliori batteristi bianchi. Dalla fine degli anni Trenta a tutti gli anni Quaranta suona con diverse orchestre; fra queste, tra il '46 e il '52, regolarmente con quella di Stan Getz. Lasciata l'orchestra di Stan Getz, si sposta in California, dove nel '54 forma una band con Shorty Rogers e diventa uno dei musicisti che piú contribuiscono allo sviluppo del jazz sulla West Coast. Apre anche un suo jazz club a Los Angeles, lo Shelly's Manne-Hole.

Shelly Manne & His Men. At the Black Howk Vol. 1 (Contemporary M3577).

June Christy

June Christy, insieme ad Anita O'Day e a Chris Connor, è una delle tre vocalist donne che negli anni Cinquanta cantarono con l'orchestra di Stan Kenton, e anche in Giappone era molto amata. Tutte e tre erano intelligenti donne di città, avevano una voce un po' roca dal timbro basso, e un'impostazione canora raffinata con una sfumatura artificiale; insomma cantavano «da bianche», ma ognuna aveva uno stile personale che la distingueva dalle altre, e questo costituiva il loro lato piú interessante. Uno stile che può piacere o meno a seconda dei gusti, ovviamente.

Se fra i numerosi dischi della Christy ne dovessi scegliere uno, dopo aver preso in seria considerazione il bellissimo *Something Cool*, credo che alla fine, per quel che mi riguarda, preferirei *Duet* (nella registrazione del '55). È un album che per quanto lo ascolti e lo riascolti, stranamente non mi viene mai a noia. Certo la Christy canta bene, inoltre c'è il prodigioso accompagnamento di Stan Kenton. Per fare un parallelo con la musica classica, pensate a Elisabeth Schwarzkopf in un *lied* di Shubert, accompagnata da Gerald Moore: c'è lo stesso profondo nutrimento. I liberi movimenti della loro anima si trasformano in suono e come tali li percepiamo. Ci sono molti altri esempi di vocalist jazz che cantano col solo accompagnamento del piano (ad esempio Ella Fitzgerald con Ellis Larkins, Tony Bennett con Bill Evans), e nessuna delle loro performance è mediocre, ma in confronto alla coppia Christy-Kenton, alla fin fine si ha l'impressione che non raggiungano la stessa

M. Wada 99

profondità. Il piano di Kenton avvolge il fraseggio un poco trattenuto fra i denti di Christy, assorbendolo profondamente e dandovi sangue e carne. Un piano splendidamente virile. Eloquente, ma al tempo stesso non invasivo, ponderato senza oltrepassare una certa misura. Quando registravano quest'album, Stan Kenton e June Christy erano entrambi al culmine delle loro forze, lui aveva piú o meno quarantacinque anni, lei ne aveva trenta; le nove canzoni dell'elenco ci trasmettono, attraverso il loro *interplay*, tutte le sottigliezze e le sfumature che si celano nell'animo di un uomo e di una donna. Quale rapporto ci fosse all'epoca fra Christy e Kenton, non ne ho la piú pallida idea, ma questo non ha importanza. In ogni caso c'è nella loro musica una storia che ci viene messa davanti agli occhi, e che resta profondamente impressa nel nostro spirito. Per quanto tecnicamente perfetta una performance sia, se non c'è in essa una vera storia, se non ci sono sangue e carne, la musica non giunge fino all'anima.

Riguardo al disco, mi piace ascoltare i cinque pezzi del lato B tutti di fila. In piena notte, mentre sorseggio un bicchiere di whisky, se dagli speakers mi giunge alle orecchie *Baby, Baby All the Time*, mi viene da pensare cosí: «Il tempo passa, e ogni sensazione piacevole prima o poi si dissolve, si disperde come cenere nel vento. Dobbiamo accettare questa lampante verità. Però in certi casi – in certi casi particolari – queste sensazioni restano nell'aria come quiete vibrazioni, e può darsi che segretamente vengano rimpiazzate da qualcosa che ha preso un'altra forma». Quando tendo l'orecchio alla voce di June Christy e al piano di Stan Kenton, non so perché mi vengono sempre in mente pensieri cosí. Forse è questa la forza delle storie.

JUNE CHRISTY (1925-1990)

Nasce nell'Illinois. Dopo aver lavorato con l'orchestra di Boyd Raeburn e altre ancora, nel '45 succede ad Anita O'Day come vocalist regolare dell'orchestra di Stan Kenton. Una delle sue prime canzoni, *Tampico*, vende un milione di copie. Dopo aver lasciato l'orchestra di Kenton, continua a incidere con lui dischi famosi, come *Duet* o *The Misty Miss Christy*. Anche l'album che registrò con l'orchestra di Pete Rugolo, *Something Cool*, fu un grande successo.

Duet (Capitol T656).

Django Reinhardt

C'è un film che mi piace molto, *French Kiss*. Kevin Kline fa la parte di uno strano francese che parla inglese con uno strano accento, e alla fine di una storia complicata riesce a mettersi con Meg Ryan, che è la tipica ragazza americana. Al termine di questo film a lieto fine scorrono i titoli di coda, mentre in sottofondo Kevin Kline nel suo francese nasale canta *La Mer* (senza accompagnamento). Canticchia con noncuranza, magari è a letto e ha appena fatto l'amore.

«Questa è *Beyond the Sea*, vero? Non sapevo che l'avessero anche tradotta in francese», dice da un angolo Meg Ryan. «No, questa in origine è una canzone francese», le risponde Kevin Kline. «Figurati! Ma se è una canzone di Bobby Darin! Ne sono sicura», insiste Meg Ryan. Ho visto il film in un cinema americano, e quella conversazione finale, con solo le voci, l'ho trovata cosí divertente, che quando gli altri spettatori sono usciti sono rimasto seduto e ho rivisto tutto il film dall'inizio alla fine, titoli di coda compresi, naturalmente. E mi è venuta una voglia terribile di ascoltare *La Mer* suonata da Django Reinhardt.

Ovviamente aveva ragione Kevin Kline. *La Mer* è una canzone francese, composta nel 1938 da Charles Trenet. Verso la metà degli anni Cinquanta, Bobby Darin la portò negli Stati Uniti col titolo *Beyond the Sea*, facendone un *big hit*, e all'inizio degli anni Novanta George Benson l'ha di nuovo cantata con enorme successo. È una bellissima canzone dalla splendida melodia, una melodia che «funziona»

con qualsiasi veste o arrangiamento. Ma se l'ascoltate una volta nella versione di quel famoso duo che furono Django Reinhardt e Stéphane Grappelli, finirete col pensare: «Ah, cosa posso desiderare di piú dalla vita?» A tal punto la loro affascinante esecuzione vi resterà nel cuore. Qualunque pezzo suonato dal duo Reinhardt-Grappelli è prodigioso, ma la canzone *La Mer*, dalla prima volta che l'ho sentita – ero studente universitario – non l'ho piú dimenticata.

L'album *Djangology* non è stato regolarmente inciso in uno studio. Nel 1949, all'epoca in cui Django e Grappelli suonavano in un night club di Roma, un appassionato italiano di jazz organizzò da qualche parte una *session* privata e li registrò. Di conseguenza la qualità del suono non è eccellente, ma a prescindere da questo difetto, trabocca dagli speaker e arriva fino a noi in connessione diretta, riempiendo la stanza, qualcosa di simile all'aria che spirava in Europa a quel tempo. Questa fedeltà alla vita non ha relazione con la bontà o la cattiva qualità del suono. Anzi, si finisce addirittura col pensare: «Per una musica cosí, questo suono è perfetto».

La libera gioia di essere lí, vivo, e poter fare musica – una gioia riservata soltanto ai musicisti veramente originali –, cui si aggiunge il vigore che tende la spina dorsale, si cristallizza in un suono di estrema naturalezza. Reinhardt ci ha lasciato molte altre registrazioni eccellenti, ma la sua collaborazione con Grappelli nell'album *Djangology*, serrata al punto da essere impermeabile persino all'acqua, pur conservando un discreto margine di azzardo, per quanto la ascolti, mi incanta sempre.

DJANGO REINHARDT (1910-1953)

Nasce in Belgio, in una famiglia gitana che conduce una vita errante, e fin da piccolo impara a suonare il violino e la chitarra. Nel '28 arriva nella periferia di Parigi, dove il suo genuino talento viene riconosciuto, ma a causa di un incendio subisce gravi lesioni alla parte sinistra del corpo e perde l'uso di due dita della mano. Ciononostante inventa un suo metodo che gli permette di superare la menomazione fisica. Nel '46, su invito di Duke Ellington, si reca negli Stati Uniti dove si fa un nome. Fu un grande musicista che, pur vivendo in Europa, ebbe una notevole influenza in America. Il suo talento, sia di chitarrista che di compositore, è ancora apprezzato.

Djangology (Rca RGP-1186).

Oscar Peterson

Cosa dire di Oscar Peterson? Che sprizzava energia fino alla punta delle dita? La sua produzione fu immensa e sempre di alto livello: difficilmente troverete una sua performance deludente. Non ho tutti i dischi di Peterson, ma anche cosí ne possiedo comunque piú di cinquanta. Per quanto abbia smesso di comprare quelli che ha inciso dopo gli anni Ottanta, epoca in cui si è spostato alla Pablo Records.

Quando ho iniziato ad ascoltare musica jazz, i dischi di Peterson che andavano per la maggiore erano cose tipo *The Trio*, *Night Train* e *West Side Story*. Sono album della metà degli anni Sessanta che ancora oggi trasmettono un'irrefrenabile e scatenata energia. Quello che ascoltavo piú spesso era la registrazione dal vivo di *Something Warm* – della stessa casa produttrice di *The Trio*, la London House. I passaggi veloci, scoppiettanti come fuochi d'artificio, gli attacchi massicci che non lasciano respiro, le lente ballate che si prendono tutto lo spazio che vogliono… in ogni momento c'è la consapevolezza di avere di fronte una personalità gigantesca.

I dischi che seguirono sono talmente perfetti che a volte ci si stanca di ascoltarli. Una certa tendenza a strafare di Peterson che si è accentuata dopo il suo passaggio alla Mps. A volte mi viene quasi voglia di dirgli: «Non esagerare». Un po' come ci si stufa di mangiare ogni giorno *nabeyaki-udon*[1]. Di solito i pianisti, col passare degli anni, vedono le

[1] Gli *udon* sono grosse tagliatelle di farina di grano, simili ai nostri strozzapreti, che si mangiano in brodo con vari ingredienti. I *nabeyaki-udon* sono particolarmente ricchi e gustosi.

M. Wade 97

loro capacità appannarsi: soltanto Peterson ha continuato a servirci invariabilmente *nabeyaki-udon*.

Personalmente ascolto molto volentieri il Peterson Trio dei tempi della Jatp[2], quando del gruppo faceva parte una chitarra. Il suono di Peterson a quell'epoca, in confronto all'ultimo periodo, mancava un po' di spessore: ma la passione istintiva della giovinezza che trapelava dal loro *swing* conquistava il cuore del pubblico. Sembrava suonare in maniera del tutto disinteressata, non so se mi spiego. Il trio, all'epoca, teneva il ritmo con una facilità del tutto particolare. Una leggerezza che si perderà quando nel trio entrerà la batteria di Ed Thigpen. Ammetto però che nello scambio ci guadagna la musica.

Anche limitandosi ai live di Peterson, quelli registrati per la Japt in linea di massima valgono la pena di essere ascoltati. Questo è ovvio quando suona col suo gruppo, ma il potenziale è spettacolare anche quando accompagna come *house pianist*. Fra i solisti della Japt non erano pochi quelli che avevano già superato il periodo di maggior vitalità, ma la forza della performance di Peterson – che non lesinava le energie, che come una dinamo umana alimentava la loro ispirazione negli assolo –, anche se non sempre dava risultati eccellenti, nella maggior parte dei casi spronava i musicisti nella *front line* con lo stimolo dei suoi fuochi d'artificio. A prescindere dal fatto che il suo stile possa piacere o meno, penso che quel suo sforzo sovrumano meriterebbe di essere apprezzato di piú. In fondo c'è qualcun altro che abbia posseduto altrettanta energia?

[2] Serie di concerti jazz, tournée e registrazioni prodotta da Norman Granz.

OSCAR PETERSON (1925-2007)

Nasce a Montreal. Dopo aver attirato l'attenzione di Norman Granz, che era in viaggio in Canada, nel '49 entra a far parte della Jatp, si trasferisce a New York e si copre di gloria. Oltre a suonare per Granz lavora molto con il suo trio, ma la prima registrazione che fa è in duo con Ray Brown. Con Ray crea un lungo e solido legame di reciproca fiducia. Per un certo periodo suona come solista, poi dal '73 di nuovo lavora per Granz, per il marchio Pablo.

Norman Granz Jazz at the Philharmonic Vol. 16 (Clef MG-VOL.16).

Ornette Coleman

All'inizio degli anni Novanta Ornette Coleman è venuto in Giappone insieme alla sua band, di cui faceva parte anche suo figlio, e ha tenuto un concerto all'aperto nel parco di divertimenti Yomiuri Land, nel quartiere di Tama a Tokyo. Era una domenica pomeriggio, e io ho assistito al concerto bevendo tranquillamente una birra. Con mia grande sorpresa, e al tempo stesso con un senso di disorientamento, dovevo constatare che Ornette Coleman suonava in modo spontaneo e pieno di humour. Perché fino ad allora avevo sempre nutrito la ferma convinzione (come probabilmente la maggior parte delle persone) che Coleman fosse invece provocatorio e intellettuale, fondamentalmente difficile da capire.

Bisogna dire che dagli anni Sessanta, da quando lui faceva parte dell'avanguardia, il mondo era molto cambiato, ma ovviamente c'era anche il fatto che nel frattempo ero invecchiato pure io. Dato però che la natura umana non è qualcosa che cambia cosí radicalmente, si può supporre che la musica di Ornette fosse spontanea e piena di humour fin dall'inizio (o che perlomeno volesse esserlo). Quando ho provato a riascoltare i suoi vecchi dischi alla luce di questa considerazione, ne ho ricavato un'impressione del tutto diversa da quella che conservavo.

Negli anni Sessanta, in piena guerra del Vietnam, nei jazz café saturi di fumo di Shinjuku, la maggior parte dei giovani ascoltavano la musica di Ornette Coleman che usciva a tutto volume dagli speaker neri della Jbl con l'ansia di

M. Wada 99

leggere e decifrare, in quell'inondazione di note, qualche messaggio urgente scritto in codice. All'epoca, nell'atto stesso di ascoltare Ornette Coleman, come nel leggere Ōe Kenzaburō o nel guardare i film di Pasolini, c'era un senso particolare. Nel coinvolgimento stesso con il soggetto, si ravvisava già un significato.

Finito quel periodo appassionato e teso verso il futuro, anche il jazz ha conosciuto un forte cambiamento, e la gente ha smesso di ascoltare Ornette Coleman con tanto fervore. Tuttavia, a essere sinceri, può darsi che questo sia stato un motivo di sollievo sia per Ornette che per noi. Perlomeno eravamo sfuggiti a quella specie di sortilegio tipico dell'epoca e potevamo goderci tranquillamente la musica che ci veniva proposta. In quel pomeriggio di una bella giornata estiva, al vento salubre degli anni Novanta, ascoltando la musica di Ornette Coleman, di colpo ho avuto quest'impressione.

Tra gli album di Coleman, penso che il piú riuscito e ben strutturato sia *The Shape of Jazz to Come*, prodotto dall'Atlantic, che include il famoso brano *Lonely Woman*. Personalmente però preferisco *Town Hall, 1962*, registrato per l'appunto nel '62 per la Esp. In quest'album ci sono qua e là dei passaggi un poco forzati, e la tensione è sempre molto alta, ma stranamente c'è anche qualcosa che ci rassicura, come una grande corrente che esercita sull'animo un effetto rasserenante. E nel flusso della musica che trabocca di continuo dal sassofono di Ornette possiamo discernere l'ombra dello spirito di Charlie Parker – innovativo eppure naturale –, cosa che ci procura una grande gioia. E dire che nei tanti musicisti che si ispirano allo stile di Parker non si trova nulla del genere!

ORNETTE COLEMAN (1930)

Nasce in Texas. Uno dei musicisti che hanno rivoluzionato il jazz, suscitando sia ampi consensi che forti rifiuti. Impara a suonare il sax tenore praticamente da solo. Negli anni Cinquanta, a Los Angeles, prova diversi tipi di musica sperimentale. Il primo album che incide come leader è *Something Else!!!!*, del '58. L'album seguente, *The Shape of Jazz to Come* – che incide su suggerimento di John Lewis del Modern Jazz Quartet, cui *Something Else!!!!* era molto piaciuto – avrà un fortissimo impatto sull'intero mondo musicale. In esso Ornette fonda una sua personale teoria armonica, segnando cosí l'inizio del *free jazz*.

Town Hall, 1962 (Esp-Disk 1006).

Lee Morgan

Col suo tono pulito e sognante, col suo suono protratto, con la sua bella e spontanea vivacità, Lee Morgan ha sempre avuto grande successo nei jazz café. Può darsi che non sia uno di quei giganti che hanno cambiato la carta geografica del jazz. Ma se non ci fosse stata la tromba di Lee Morgan, possiamo supporre che il panorama del jazz, dalla seconda metà degli anni Cinquanta fino a tutti gli anni Sessanta, sarebbe stato un pochino meno colorato, meno allegro.

Lee Morgarn, come per riempire il vuoto creatosi dopo la caduta di quella stella che era stato Clifford Brown, all'età di diciotto anni fece un debutto da vero ragazzo prodigio, ma a soli trentatre anni morí all'improvviso, ucciso da un colpo di pistola sparatogli dalla sua amante. Quel che si dice una vita *deadly quick*, alla lettera. Forse per questo motivo, le registrazioni che ha lasciato sono pervase da una freschezza emotiva da eterno *wonder boy*. Sono tutte deliziose, dalla prima all'ultima, piene di gioia spontanea, e percorse da uno stuzzicante senso della velocità. Ed è la ragione per cui molti appassionati di jazz non potevano fare a meno di amare il suo stile.

Lee Morgan apparve sulla scena musicale quando si era già formato come trombettista, e anche se per un certo periodo nel suo suono si percepiva una qualche esitazione, di solito era sempre in prima linea rispetto ai tempi, a tagliare il vento, felice di assumere una brillantezza di un genere nuovo. Negli ultimi dischi che incise insieme a Grachan

M. Wada 99

Moncur III, Billy Harper e Bennie Maupin, c'è un aroma innovativo e prodigiosamente eclettico. Tuttavia nemmeno queste registrazioni, fino alla fine, riescono a dare l'impressione che la sua musica sia «maturata».

All'inizio si è conquistati dalla sua velocità e dal suo controllo, ma ascoltandolo poi con piú calma, viene voglia di dirgli: «Ehi, aspetta un momento!» Perché la sua leggerezza, la sua «rotondità», a poco a poco diventano fastidiose. E quando superano un certo limite, finiscono inevitabilmente col generare in noi, nei confronti di Lee Morgan, un senso di saturazione. La sua musica purtroppo, a differenza di quella di Miles Davis o di Clifford Brown, non la si può ascoltare e riascoltare con profonda concentrazione senza che perda sapore.

Se consideriamo l'album *The Sidewinder*, tuttavia, solo le persone che hanno respirato l'aria della metà degli anni Sessanta possono capire quanto fosse elegante e radicale. La musica di *The Sidewinder*, nell'atmosfera ardente e rude di quell'epoca, era nata come un parto podalico. Ogni volta che ascolto *The Sidewinder*, ogni volta che prendo in mano quel fodero in bianco e nero, l'atmosfera di quei tempi rivive di colpo davanti ai miei occhi. Rovente. Riguardo al grado di intimità che raggiunge la musica, se vogliamo cercare il pelo nell'uovo, di critiche se ne possono fare quante se ne vogliono. Però ha un'aggressività che ci porta qualcosa di insostituibile.

Si può dire che Lee Morgan era il Billy the Kid del mondo del jazz. O quantomeno ne sopravvive la leggenda: nessuno sparava piú veloce di lui.

LEE MORGAN (1938-1972)

Nasce a Filadelfia. A quindici anni forma un proprio gruppo e si fa notare come ragazzo prodigio. Nel '56 entra nella band di Dizzie Gillespie, e a diciott'anni incide, per la prima volta come leader, *Introducing Lee Morgan*. Nel '58 entra a far parte dei Jazz Messengers di Art Blakey, e riscuote molti consensi col suono *funky* della sua tromba. Per un certo periodo si ritira dalla scena musicale, ma negli anni Sessanta riappare e dal '67 suona insieme al proprio quintetto.

The Sidewinder (Blue Note BST-84157).

Jimmy Rushing

Da quando Jimmy Rushing lasciò l'orchestra di Count Basie, con la quale aveva lavorato per molti anni dai tempi di Kansas City, diversi vocalist vennero assunti al suo posto. Tra questi il piú bravo e famoso fu Joe Williams, ma persino lui continuò a dare l'impressione di essere un «sostituto del ragazzo»: per sua disgrazia, la presenza di Jimmy era ancora troppo forte. Per quel che mi riguarda, mi piacciono piuttosto i cantanti del filone «leggero» – del genere di Matt Dennis o Bobby Thorp –, li preferisco a quelli piú «spessi» tipo Rushing; tuttavia nel modo di cantare di quest'ultimo c'è come la forza di un appello universale che va al di là del gusto personale di chi ascolta, qualcosa che ci obbliga a riconoscere che è davvero bravo.

Gettando uno sguardo sulle pagine che sono state scritte su di lui, apprendiamo che dal punto di vista umano era un uomo pieno di vizi e di problemi, come tanti altri; d'altronde, se non avesse avuto una straordinaria energia vitale, non avrebbe cantato con tanta potenza. In un'epoca in cui l'uso degli amplificatori non era ancora molto diffuso, bisognava adeguare il volume della voce a quello delle big band chiassose e all'ampiezza del palcoscenico, di conseguenza occorrevano polmoni veramente poderosi. Prendiamo un altro vocalist blues, l'elegante Joe Williams: rispetto a Rushing era della nuova generazione e aveva una sensibilità metropolitana, eppure in un confronto con Rushing avrebbe avuto la peggio perché non aveva i polmoni dei vocalist della «Kansas City Blues Tradition» (del resto, nessuno li ha).

M. Wada 99

Nei dischi di Jimmy Rushing, di qualunque periodo siano, ci sono canzoni uniche, piene di un vigore che aveva soltanto lui, ma quelli in cui è accompagnato dai fidati membri dell'orchestra di Count Basie sono i piú spontanei e vicini allo *swing*. Nella sua voce, di cui si diceva che «poteva coprire lo spazio da un angolo all'altro della sala», c'è una malinconica, naturale profondità. Volente o nolente, si sente la nostalgia dello spirito secco, asciutto di Kansas City.

Degli album che registrò dopo essersi staccato dall'orchestra di Basie, a me piacciono *The Jazz Odyssey* e questo *Little Jimmy Rushing and the Big Brass* della Columbia; soprattutto il secondo, dove compaiono come ospiti i vecchi, splendidi compagni di Basie – Coleman Hawkins, Vic Dickenson –, bravissimi a creare un liscio senso di *swing*. Dalla metà degli anni Cinquanta, la voce di Rushing perde la risonanza del suo periodo d'oro, ma in compenso lui è piú concentrato, e canta con maggiore forza di persuasione. Come un cantastorie che col passare degli anni parla in modo piú lento e posato, ma in compenso molto piú umano e commovente. In questo senso, Rushin fu qualcuno che fino alla morte sostenne il suo ruolo originario, senza mai voltarsi indietro. Era noto per la bassa statura, ma quanto a spirito agonistico non era inferiore a nessuno. Piuttosto che cedere, sarebbe forse morto di rabbia battendo i piedi per la collera, come lo gnomo Rumpelstiltskin della favola. Quando si ascolta *June Night*, o *Jimmy's Blues*, si può sentire vividamente l'atmosfera di quei tempi, e l'emozione è tale che si perde la voglia di disquisire pedantemente sui dettagli della musica.

JIMMY RUSHING (1901-1972)

Nasce a Oklahoma City. Cresciuto in una famiglia di musicisti, nel '23 inizia a cantare nei night club, e dopo aver lavorato con diverse orchestre, diventa il vocalist esclusivo dell'orchestra di Count Basie. Il volume possente della voce e il modo gustoso di cantare contribuiscono grandemente al successo dell'orchestra. Nel '50 lascia la band. Conduce personalmente sette orchestre e lavora come cantante solista, soprattutto al Savoy Ballroom. Le sue opere piú rappresentative sono *The Jazz Odyssey* e *Goin' to Chicago*.

Little Jimmy Rushing and the Big Brass (Columbia CS-8060).

Bobby Timmons

Del *piano trio* di Bobby Timmons esistono diversi piacevoli album, ma dal punto di vista emotivo, le sue performance intorno all'anno 1960 – quando partecipava come *sideman* alle *rhythm sections* dei Jazz Messengers condotti da Art Blakey – sono di gran lunga le piú eccitanti. Ci sono tanti pianisti che riescono a essere molto piú immaginativi nei ruoli secondari che non nel ruolo di band-leader, e Timmons è uno di questi: lavorando con i Jazz Messengers insieme ad altri giovani musicisti suoi concittadini – Lee Morgan, Benny Golson –, suonava di slancio con lo stesso loro spirito, senza il minimo accenno di esitazione, un jazz magnifico.

Dopo aver lasciato i Jazz Messengers, per un certo periodo fece parte della band di Cannonball Adderley, suonò diversi brani celebri e accese d'entusiasmo un'intera generazione come promotore del *funky jazz*. Da quando iniziò a suonare con il suo trio personale, tuttavia, si mise a imbrigliare la musica in una struttura troppo fissa che, per quanto piacevole, non riusciva a svilupparsi in ampiezza e finiva per stancare. Lui stesso sentiva forse quel suo limite, ma nel frattempo l'epoca del *funky jazz* tramontava e altri pianisti della nuova generazione – Bill Evans, Herbie Hancock, McCoy Tyner – facevano irruzione sulla scena musicale; col risultato che Timmons poco per volta si diede all'alcol, non riuscí piú a suonare come prima e alla fine diventò un pianista rozzo e mediocre.

Ci sono musicisti che hanno una vita professiona-

M. Wada 99

le lunga e felice – ad esempio Duke Ellington o Louis Armstrong –, ed è qualcosa che ci riempie di gioia. Però nel mondo instabile del jazz, dove il lavoro è durissimo, tali esempi sono rari. È piú frequente che la loro musica brilli per un breve periodo nel corso di una vita piena di difficoltà. Cosí l'incerto e fuggitivo bagliore di tante stelle cadenti si mescola alla luce di qualche stella fissa, questo è l'affascinante scenario che emerge dal mondo del jazz.

In ogni caso il pianista Bobby Timmons, grazie alle registrazioni che fece durante i pochi anni di splendida attività musicale, verrà ricordato per sempre dagli appassionati di jazz, e questo naturalmente lo si può chiamare un risultato prodigioso. A prescindere da quale sia stata la vita reale della persona che lo ha realizzato.

Timmons fu anche un compositore di talento. I suoi brani *Dat Dere* e *This Here* e *Moanin'* – tutti in uno stile *soul funky* diametralmente opposto a quello dei numerosi brani carichi di malinconia composti dal suo collega Benny Golson – sono stranamente suggestivi e pieni di un umorismo sottile. A me piace soprattutto *So Tired*, che fa parte dell'album *A Night in Tunisia* che incise con Art Blakey, ogni volta che lo ascolto ne resto incantato. I suoi assolo, controllati ma briosi, sono molto spiritosi.

In un bar di Aoyama fanno un cocktail originale che si chiama *So Tired*, ed è ispirato proprio a questo brano. Gli ingredienti sono gin, vodka e birra: alla fine di una giornata faticosa mi basta berne un bicchiere per sentirmi di nuovo in forma.

BOBBY TIMMONS (1935-1974)

Nasce a Filadelfia. Compositore e pianista, combina il gospel con il jazz. Grazie al padre, un pastore protestante, fin da piccolo familiarizza con la musica di chiesa, che sarà la sua base di partenza. Nel '55 inizia a suonare come professionista. Nel '58 entra nei Jazz Messengers di Art Blakey e compone *Moanin'*, che diventa un *big hit*. Nel '59 entra a far parte del quintetto di Cannonball Adderley e compone *This Here*. Dal '61 in poi suona col suo trio personale.

Art Blakey and the Jazz Messengers. A Night in Tunisia (Blue Note BST-84049).

Gene Krupa

Quando sento il nome del batterista Gene Krupa, il mio pensiero va subito al suo assolo in *Sing, Sing, Sing* con l'orchestra di Benny Goodman, un'associazione di idee per la quale forse mi dovrei scusare. Perché basta ascoltare attentamente gli album del periodo d'oro della Benny Goodman Orchestra per capire che normalmente Krupa era piú propenso a suonare in modo leggero e artigianale come membro di una *rhythm section*, mentre le registrazioni in cui il suo *drumming* è tanto chiassoso sono piuttosto l'eccezione.

Soprattutto nel trio composto da Gene Krupa, Teddy Wilson e Goodman, a cui si aggiunse poi Lionel Hampton, la batteria è coerente, crea per quel gruppo senza basso un sottofondo scorrevole e stabile, e svolge il suo ruolo in modo adeguato. Forse non è possibile trovare nel suo *drumming* sorridente il senso profondo della band – una band capace di far vibrare le viscere dell'ascoltatore –, ma il suo modo di trasformare lo *swing* ruvido dei batteristi neri dell'epoca in una forma facile da accettare per il pubblico bianco è intelligente e abbonda di pratico spirito d'intraprendenza. Krupa eccelle soprattutto per la qualità dell'orecchio e la finezza dei nervi, caratteristiche che ponevano le basi per i batteristi bianchi che verranno dopo di lui.

Trovandosi in una posizione intermedia fra musicisti neri del calibro di Wilson e Hampton, di recente apparsi sulla scena, e Goodman che si divertiva spensieratamente a improvvisare in una piccola band, Krupa, col suo stile composto, gettò un'ancora stabile per le band di bianchi

M. Wade 99

– fondamentalmente il jazz di Chicago – e fece in modo che quell'ancora non si spostasse. C'era stato, è vero, un periodo in cui Krupa era famoso per lo stile chiassoso dei suoi assolo, ma era soltanto un aspetto del suo valore come *rhythm maker*. Tuttavia l'immagine brillante del periodo Goodman era diventata il suo marchio, al punto che quando si rese indipendente, ancora per molto tempo ebbe delle difficoltà.

Ovviamente, se vogliamo gustare una sua performance caratteristica, è obbligatorio scegliere uno dei dischi degli anni Trenta, del periodo dell'orchestra di Goodman, ma anche la big band che Krupa mise insieme in seguito ha una sua freschezza e vale la pena di essere ascoltata. Soprattutto nei grandi successi come *How High the Moon* e *Disc Jockey Jump* – che incise dal '46 al '47 nell'arrangiamento di Gerry Mulligan, all'epoca diciannovenne – si sente addirittura un accenno di *bop*. Ancora adesso l'album conserva tutto il suo fascino. La batteria «spinge» con sicurezza la band. Dodici anni dopo Krupa usò cosí com'erano gli spartiti lasciati da Mulligan e registrò una seconda versione per la Verve, versione che grazie a questo procedimento risulta estremamente piacevole. La veemenza della performance originale non c'è, ma i musicisti della nuova generazione – Eddie Bert, Kai Winding, Phil Woods – immettono con grande abilità nei vecchi spartiti un suono nuovo. Mulligan stesso si diceva preoccupato di riascoltare «una cosa vecchia, di quando non avevo ancora un mio stile personale», ma poi, risentendola, riconobbe che non era affatto male. In ogni caso tributiamo onore alla generosità o, se vogliamo, allo spirito d'avventura di Krupa, che si era rivolto a Mulligan – un giovane di soli diciannove anni che non si era ancora fatto un nome –, e valutando il suo talento al suo giusto valore gli aveva affidato in blocco l'arrangiamento della sua band.

GENE KRUPA (1909-1973)

Nasce a Chicago. Batterista bianco emblematico del periodo d'oro dello *swing*. Fin da piccolo ascolta il jazz dei musicisti neri e impara a suonare da autodidatta. Sia a Chicago che a New York accumula ore di studio, poi dal '34 al '38 suona con l'orchestra di Benny Goodman, con la quale ottiene un grande successo. Dopo l'esperienza dell'orchestra forma il proprio trio, poi la propria band; in seguito si aggrega alla band di Tommy Dorsey e alla tournée della Jatp, suonando a ogni tappa. A causa di una malattia cardiaca per un certo periodo si ritira dalla scena musicale, ma nel '70 riprende l'attività e continua a suonare per il resto dei suoi giorni.

Gene Krupa Plays Gerry Mulligan Arrangements (Verve MGV-8292).

Herbie Hancock

Nella circoscritta scena del jazz della seconda metà degli anni Sessanta, l'elegante copertina dell'album *Maiden Voyage* e il suo fresco suono avanguardista fecero una grande impressione a noi giovani appassionati di jazz. Ci dettero l'impressione che qualcuno fosse venuto a spalancare le finestre di casa, rimaste a lungo chiuse.

Hancock da allora, con grande coerenza, si è sempre mosso in prima linea sul fronte del jazz e ha creato numerose opere che hanno fatto da battistrada ai musicisti della sua epoca, eppure, se mi azzardassi a dire che in esse c'è un soffio innovativo piú forte di quello portato dall'album *Maiden Voyage* al momento della sua apparizione, probabilmente mentirei. Da allora sono usciti diversi album che hanno consolidato la fama di Hancock nel mondo, ma a essere sincero non ce n'è uno fra questi che abbia voglia di tenere a lungo a portata di mano.

Hancock non è uno di quegli artisti che costruiscono qualcosa partendo da zero. No, credo che sia piuttosto il tipo di musicista che si appropria delle condizioni della sua epoca e le adatta abilmente al proprio stile. A suo modo è innovativo, ma non precede tutti gli altri illuminando il cammino come una fiaccola. Di conseguenza, finché è rimasto nell'orbita della forza d'attrazione di Miles Davis, a volte rispondendo a volte resistendo alla forza riformatrice che Miles esercitava, ha attirato l'attenzione con il suo brillante modo di suonare, ma quando il calore di quel sole è andato diminuendo, anche la musica di Hancock gra-

M. Wada 99

dualmente si è fatta dispersiva. Il livello delle sue performance in sé è sempre rimasto alto, ma tende a sconfinare dalla sua cornice in tante direzioni e finisce col preoccuparsi soltanto del suo virtuosismo.

Il parere che ho appena espresso è relativamente critico, però le eleganti e vivaci performance che Hancock ha registrato quando lavorava per la Blue Note ancora oggi non hanno perso colore e ci confermano che è un musicista di primo livello, dotato di talento e flessibilità. Anche per lui quelli furono sicuramente momenti felici. Perché gli bastava trasformare in suono, come gli veniva, in modo del tutto naturale, la musica che sgorgava dal suo animo; una musica che continuava a scaturire, indefinitamente, come acqua da una fontana. In *Maiden Voyage*, quella sua disposizione artistica ci viene trasmessa in modo diretto.

Separatamente dal quintetto di Miles Davis, di cui in quel periodo facevano parte elementi del peso dello stesso Miles e di Wayne Shorter, Hancock registrava con giovani musicisti come Freddy Hubbard e George Coleman. Bastava questo perché la *rhythm section* prendesse ampiezza e tutti si divertissero a suonare in uno stile *easy*. Ogni nota era piena di bellezza, gioia e fiducia in sé. Sia Hancock che i musicisti intorno a lui erano giovani, e non avevano ancora nulla da perdere. Il futuro si spalancava davanti a loro.

Quando ascolto *Maiden Voyage*, rivivo l'atmosfera dei jazz café dell'epoca. In fin dei conti, quello che desideravamo dal profondo del cuore era che qualcuno tendesse una mano e spalancasse per noi le finestre. Le finestre però non si aprivano. E anche quando si aprivano, al di là c'era soltanto un altro muro… succedeva anche questo. *Maiden Voyage* invece era *the real thing*. Quella che ci hanno aperto quei cinque musicisti era una vera finestra. E, quella che è entrata, vera aria fresca. A volte c'è musica cosí. Nel nostro cuore non è mai sbiadita, come l'immagine di una bella persona che abbiamo incontrato a un certo punto della vita.

HERBIE HANCOCK (1940)

Nasce a Chicago. Dal '63 al '68, pur lavorando con Miles Davis, parallelamente suona con una propria formazione che comprende fino a sei musicisti, con i quali crea l'album *Maiden Voyage*. Quando si stacca da Miles Davis si cimenta attivamente con la musica elettrica, e nel '73 ottiene un grande successo al sintetizzatore con *Head Hunters*. Di certo è sempre stato un musicista molto consapevole delle epoche che ha attraversato.

Maiden Voyage (Blue Note BST-84195).

Lionel Hampton

Poco dopo aver fatto il suo debutto, Gary Burton criticò Milt Jackson che in quegli anni era all'apice della sua carriera di vibrafonista, e venne attaccato da tutte le parti. «Io quella volta sono rimasto a galla per un pelo. Pare che criticare con leggerezza l'establishement non vada affatto bene», disse in seguito con una certa amarezza.

Quando Milt Jackson faceva il suo debutto, chi occupava la scena del jazz come vibrafonista era Lionel Hampton. Cioè era stato lui a portare lo strumento musicale che si chiama vibrafono nel jazz e a stabilire le basi del modo di suonarlo, ed era ormai considerato una specie di divinità. Avendo fatto crollare lo stile del suo gigantesco predecessore, Milt Jackson dovette definire chiaramente il proprio idioma. In conclusione, il movimento *bop*, e quindi il Modern Jazz Quartet che ne fu il veicolo, divennero la sua efficacissima arma.

Fatte queste considerazioni, nel cambiamento dello stile del vibrafono nel tempo, da Hampton a Jackson a Burton, il contrasto dei colori personali, rispetto agli altri strumenti, è molto piú vivido. Infatti solo per gli strumenti minori, usati da un numero limitato di persone, ogni musicista dev'essere un elemento di prima classe dalle caratteristiche distintive, deve avere già in sé qualcosa come un forte e originale senso di tensione verso il futuro. È per questo motivo che da sempre amo molto il vibrafono.

Hampton, nonostante prima della guerra, al tempo delle grandi orchestre dello *swing*, fosse apprezzato per il suo

M. Wada 99

stile vigoroso, dal dopoguerra in poi smise di essere apprezzato dai critici musicali, che dicevano di lui: «Semplicemente canta bene», oppure: «È troppo commerciale». A me personalmente piace la serie di performance in piccoli *combo* che ha inciso per una casa di produzione del livello della Clef & Norgran di Norman Granz (dietro ci sono Oscar Peterson, Ray Brown, Buddy Rich, insomma la solita *rhythm section* ospitale di Granz), e mi capita spesso di mettere questi album sul piatto del giradischi, ma non succede mai che diventino oggetto di conversazione.

È vero che dalla musica di Hampton piú recente sono scomparsi gli aspetti innovativi, e qualunque cosa di lui si ascolti, piú o meno è sempre la stessa roba. Se qualcuno dice che è appena «tiepido», come dargli torto? Eppure Hampton, che ha promosso in maniera chiara e ottimista le qualità peculiari del vibrafono, ha uno stile positivo e a suo modo coraggioso, e vale la pena di ascoltarlo se quel che desideriamo è soltanto goderci la performance di un jazz neutro. Può darsi che sia tiepido, ma non si può dire che sia superato, né che segua le mode. C'è in esso uno *statement* che ha già una sua completezza, apprezzabile a prescindere dal fatto che sia innovativo o conservatore. Quanto significato hanno oggi tante delle novità che hanno influenzato il loro tempo e che con il loro tempo sono tramontate?

Se lo scopo principale è passare qualche minuto piacevole, a me questo *You Better Know It!!!* della Impulse va benissimo. È un'incisione del '64, ma i veterani nella *front line*, Clark Terry e Ben Webster, per una volta tanto si scatenano nello *swing* senza introversioni. Anche Hank Jones è bravo. Il livello della performance è alto, l'entusiamo piú che sufficiente, e stranamente non c'è alcuna tendenza retrograda. Non se ne vedono piú di album cosí, questi «divertimenti per persone cariche di un'energia profonda», ed è un peccato perché sono un vero godimento.

LIONEL HAMPTON (1908-2002)

Nasce nel Kentucky. È il primo musicista ad avere la forza di introdurre il vibrafono nel jazz come strumento solista. Suona con diverse band, poi nel '36 viene assunto nel quartetto di Benny Goodman, con il quale si fa un nome. Lavora con l'orchestra di Goodman anche come batterista. In seguito forma una sua big band in California, realizzando il suo desiderio, e nel '42 ottiene un grande successo con *Flying Home*, in cui figura anche il sax tenore Illinois Jacquet.

You Better Know It!!! (Impulse A-78).

Herbie Mann

Tra gli appassionati di jazz competenti, riguardo a Herbie Mann è diventata definitiva l'opinione che «non era male negli anni Cinquanta, quando cercava seriamente di fare jazz, ma a partire dalla seconda metà degli anni Sessanta, dopo aver raggiunto il successo commerciale, ha cominciato a suonare in modo piuttosto superficiale». Io invece non faccio parte di quella corrente ben nutrita di critici, sono una di quelle persone che quando pensa a Herbie Mann, subito cita *Memphis Underground*. Insieme alle vigorose chitarre di Larry Coryell e Sonny Sharrock, Herbie faceva davvero un figurone!

In una *jam session*, il flauto inevitabilmente è sopraffatto dagli altri fiati perché la gamma di ottave di cui dispone è ridotta; è uno strumento che non si impone, ma nemmeno può dare fastidio, quindi se un flautista vuole resistere e guadagnarsi da vivere sulla scena del jazz, avrà bisogno di qualcosa come uno stratagemma musicale. Se non usa la testa, il lavoro non arriva. In base a questo ragionamento, sono portato a riconoscere che Herbie Mann, per il solo fatto di aver ottenuto molto successo commerciale soltanto con un flauto, era davvero un grande: ma può darsi che non sia cosí.

A partire dagli anni Sessanta passò alla musica latinoamericana e alla bossanova, sfondò con *Comin' Home Baby*, quindi approdò a *Memphis Underground*, che tendeva verso il rock elettronico (dell'epoca). Nel frattempo aveva spaziato dalla musica africana fino alla musica cerimoniale

M. Wada 2000

giapponese. Ammazzandosi di lavoro. Perché non è che a un certo punto potesse dire: «Okay, ora voglio creare qualcosa che venda bene!», e riuscirci in poche settimane. Inoltre, se Herbie Mann negli anni Sessanta non avesse pubblicato diversi album di successo, il flauto sarebbe diventato uno strumento obsoleto, come il clarinetto, oppure sarebbe finito nella soffitta della scena del jazz. Ma grazie alla sua vigorosa attività, molti giovani hanno visto lí una chance, e per un certo periodo il flauto ha goduto di una grande popolarità. Persino io me ne sono comprato uno e sono andato a prendere lezioni. Anche se non sono riuscito a combinare granché.

A parte *Memphis Underground*, un album di Herbie Mann che mi piace molto è questo *Windows Opened*. Gli altri musicisti, che lo sostengono con grande energia, sono quelli che all'epoca facevano parte della sua *regular section*: Roy Ayers al vibrafono, Miroslav Vitous al basso, Sonny Sharrock alla chitarra e Bruno Carr alla batteria. Robusti e originali, giovani e poco propensi all'introspezione, danno l'impressione di divertirsi come pazzi suonando tra di loro. Su questa base, il leader si scatena. Lo stile di Herbie Mann non ha nulla di speciale: speciale è il modo in cui concepisce l'idea di «gruppo».

Quanto alla selezione, l'album non comprende soltanto brani che in quegli anni avevano successo, ma inserisce intenzionalmente anche la musica nel nuovo stile di Wayne Shorter e di Charles Tolliver, e lo si ascolta con piacere. Soprattutto il suono di Miroslav Vitous crea, ancora adesso, un'impressione di freschezza e di vigore. Che sia vero jazz o jazz commerciale, non ha la minima importanza. Se ci piace, cosa c'è di male a subirne il fascino? Questo è il mio parere.

HERBIE MANN (1930-2003)

Nasce a Brooklyn. All'inizo degli anni Cinquanta entra a far parte del quintetto di Mat Mathews suonando la fisarmonica, poi, con l'equilibrio del timbro in mente, passa al sax tenore e infine al flauto. Nel '59 forma l'Afro-Jazz Sextet e fa una tournée in Africa; nel '61 va in Brasile dove passa rapidamente alla bossanova allora di moda, e si dedica a generi musicali che esulano dalla cornice del jazz. Nel '62 ottiene un grande successo con il brano *Comin' Home Baby*.

Windows Opened (Atlantic SD-1507).

Hoagy Carmichael

A me, da sempre, i cantautori piacciono, e ho sempre ascoltato volentieri persone come Matt Dannis, Bobby Thorp, Johnny Mars e Hoagy Carmichael. Nessuno di loro ha una bella voce, e nemmeno una tecnica particolarmente raffinata, ma tutti hanno un qualcosa che spiazza e coglie indifeso l'animo di chi ascolta, è una qualità che condividono. Il loro pregio maggiore forse consiste proprio in questa naturalezza, nel fatto che sembrino affermare con convinzione: «Non ha importanza se non siamo tanto bravi, basta che riusciamo a trasmettere quello che vogliamo dire». E anche la loro grande sensibilità è apprezzabile. La stessa impressione l'ho avuta ascoltando per la prima volta le cassette incise da Bob Dylan o da Paul Simon, i quali, accompagnandosi alla chitarra, si esprimevano in un linguaggio e uno stile adatto alle manifestazioni che avevano luogo allora. Negli anni Venti, Carmichael studiava giurisprudenza all'Università dell'Indiana, e al tempo stesso suonava nella *jazz band* del college, finché un bel giorno incontrò Bix Beiderbecke che era venuto a fare una tournée nel suo campus, ne rimase conquistato, abbandonò su due piedi gli studi e divenne un musicista professionista. Il geniale Bix era un uomo dalla vita estremamente sregolata (o forse è meglio definirla avvincente) e lavorava a un ritmo forsennato, e Hoagy, un ragazzo di buona famiglia che conduceva la tranquilla esistenza del college e ancora non conosceva bene il mondo, davanti a quella vitalità brillante e luminosa, avrà finito col restar-

M. Wada 99

ne affascinato. È una cosa che succede spesso. Detto ciò, abbandonare gli studi per aver incontrato una sola volta un grande fenomeno, è un altro discorso. Grazie a questa decisione impulsiva di Hoagy, invece, la musica americana si è arricchita di alcune famose e bellissime canzoni, come *Stardust* e *Georgia on My Mind*.

Come si capirà sentendolo cantare, Hoagy Carmichael, dopo i primi successi, dava l'impressione di essersi ormai ritirato dalla vita professionale. Forse perché i diritti d'autore arrivavano sul suo conto regolarmente, abbandonò la prima linea quando era ancora giovane, e finí per stabilirsi a Hollywood, dove a volte partecipava a un film, ogni tanto suonava il piano in un jazz club, oppure riscriveva i suoi brani, e come «Carmichael di *Stardust*» conduceva l'esistenza brillante e piacevole della celebrità; tanto piú che per carattere era un uomo molto socievole. Insomma, faceva una vita agli antipodi di quella di Bix, ma forse non priva di un suo valore.

Agli inizi degli anni Sessanta ebbe un ruolo nella popolarissima serie televisiva western *Laramie*, motivo per cui diventò famoso anche in Giappone, dove venne una volta in tournée. In quell'occasione vide per caso alla televisione il duo The Peanuts cantare *Stardust* (era il tema finale del programma *Shabondama Holiday*), e colpito dal fatto che due ragazzine interpretassero una sua canzone – dice la leggenda – andò apposta fino allo studio televisivo per conoscerle.

Ci sono innumerevoli registrazioni delle canzoni composte da Carmichael, ma fra tutte io preferisco questa *Memphis in June*, che fa parte dell'album *V-Disc Cats Party*. Senza l'accompagnamento di altri strumenti – come già aveva fatto con *Stardust* –, Carmichael suona il piano e canta con delicatezza e profondità di sentimento (a volte fischia), riversando inalterata la sua personalità nell'esecuzione. E di nuovo ci regala una performance splendida.

HOAGY CARMICHAEL (1899-1981)

Nasce nell'Indiana. Negli anni Venti lavora con Louis Armstrong, Bix Beiderbecke, Tommy Dorsey. Negli anni Trenta diventa leader di una band e incide per la Rca insieme ad altri musicisti. Verso la metà degli anni Trenta compone diverse canzoni, ed è molto attivo alla radio, alla televisione e nel cinema, diventando una celebrità. La sua canzone piú famosa, una delle piú ascoltate al mondo, è *Stardust*. Nel '61 fu incaricato di comporre la musica per il film *Hatari!*

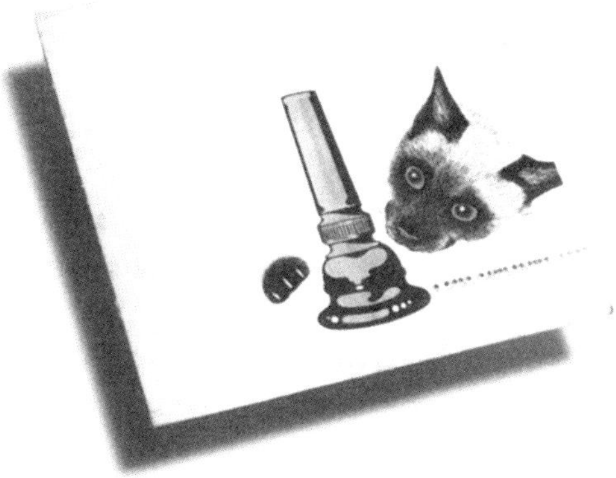

V-Disc Cats Party / Volume One Featuring Hoagy Carmichael etc. (Elec KV-115).

Tony Bennett

Per molto tempo diversi cantanti furono in feroce competizione per occupare nel mondo della musica il posto che era stato di Frank Sinatra: Bobby Darin, Perry Como, Buddy Greco, Vic Damone, Johnny Mathis… peccato che nessuno di loro avesse la sua statura, o piuttosto non abbia mai ottenuto un grande successo come cantante maschio della scuola tradizionale. Col passare del tempo, è rimasto solo Tony Bennett, come una barca che un'onda lunga non sia riuscita a portare via. Il suo stile è molto diverso da quello di Sinatra, ma in pratica di cantanti davvero in gamba, Sinatra a parte, c'era solo lui. Inoltre Sinatra ebbe una vita molto lunga e cantò quasi fino alla fine, quindi la posizione di suo «erede» non aveva un reale significato, e dopo la sua morte non si sentiva piú il bisogno di qualcuno che cantasse nel suo stile e prendesse il suo posto. In questo senso si può dire che Tony Bennett sia l'ultimo grande cantante della scuola tradizionale.

Bennett è profondamente influenzato dal jazz, e al contrario di Sinatra, che lavorava soltanto con grandi orchestre, ama i piccoli *jazz combo* di breve durata. Apprezza molto il pianista di origine inglese Ralph Sharon, elegante e raffinato, cosí, dal 1957 fino a tempi recenti a parte una breve interruzione, ha cantato con Sharon, che gli ha fatto da accompagnatore e ha curato anche l'arrangiamento dei brani. Ha lavorato anche con altri eccellenti musicisti, e ha inciso molti piacevoli album che hanno il profumo del jazz. Diversamente da Sinatra, che era il «bambino invia-

M. Wada 77

to dal cielo» all'epoca delle big band, Bennet è il cantante che ha ricevuto il battesimo del *bop* all'epoca dei *combo*.

Tuttavia, se dovessi dire quale dei due, Sinatra o Bennett, sia piú vicino allo spirito del jazz, probabilmente indicherei Sinatra. Nel modo di cantare di Bennett, per quanto si tenda l'udito, non si sentono accenni di follia, intima contraddizione, frustrazione, malizia, delusione o sconforto. La sua voce è bella, il volume fin troppo alto, il fraseggio fin troppo chiaro, insomma canta infondendo sinceramente nella performance tutta la sua emozione, in modo anche eccessivo. Se qualcuno mi chiedesse cosa c'è di male in questo, mi metterebbe in difficoltà: infatti non sto dicendo che Bennett sbagli.

Tanto per cominciare, alla maggior parte della gente non importa sapere se sia un cantante jazz o meno. Tutte le persone che hanno ascoltato Tony Bennett cantare dal vivo, concordano nel dichiarare che è stata un'esperienza meravigliosa. Che tutto era davvero bello: la persona, il modo di stare sul palcoscenico, i brani... E forse è proprio cosí. Il modo di cantare pieno di risonanza di quel talento naturale che è Bennett ci porta fino a un luogo dove soltanto lui può portarci, e la sua calda voce ci scalda come solo lui sa fare. Quando un cantante ottiene questo risultato, significa che è all'opera un talento davvero prodigioso. Se però dovessi scegliere, opterei per quella sorta di inquietudine che possedeva Sinatra. Ma questo non è un problema di Tony Bennett. È piuttosto un problema dell'inquietudine che abbiamo in noi.

Per queste ragioni preferisco mettere da parte Bennett e proporre qui una performance del Ralph Sharon Trio, di cui lui era il cantante regolare. Quando si ascolta quest'album, l'atmosfera rilassata suggerisce che nel night club Bennett abbia fatto una pausa, abbia posato il microfono e sia sceso dal palcoscenico, lasciando Sharon suonare il piano a suo piacimento. È molto piacevole. Bennett non c'è, ma la sua presenza è forte. E naturalmente viene suonata anche *I Left My Heart in San Francisco*.

TONY BENNETT (1926)

Nasce a Queens. È della stessa generazione di Frank Sinatra. Durante la guerra si fa una reputazione di cantante nell'esercito, cosa che gli apre la carriera di cantante professionista. Viene notato da Bob Hope, lavora in diversi posti, e firma un contratto con la Cbs. Nel '51 ottiene un grande successo con *Because of You*, e nel '62, con *I Left My Heart in San Francisco*, consolida la sua fama. Suona con Bill Evans, Count Basie e altri ancora.

The Ralph Sharon Trio. The Tony Bennett Song Book (Columbia CL-2413).

Eddie Condon

La storia del jazz è ravvivata da numerosi personaggi eccentrici, ed Eddie Condon è di sicuro uno dei piú originali. Gran bevitore, ma sempre in ottima forma fisica, era estremamente corretto, imperturbabile, e dotato di un umorismo sottile. Usava uno strumento strano, una chitarra a quattro corde del tutto inedita, ma non suonò mai un assolo. Indifferente ai vari stili musicali che si susseguivano sulla scena del jazz dopo la Seconda guerra mondiale, gestiva il proprio club, e vi rimase fino alla morte, continuando a suonare piú o meno lo stesso genere di musica, il *dixie*.

Al giorno d'oggi, non so quanti fan di Eddie Condon esistano ancora, ma sono certo che non sono migliaia. Tanto per cominciare, devono essere pochissime, ammesso che esistano, le persone in grado di riconoscere a occhi chiusi una delle sue performance alla chitarra. Si dice che fossero delle esecuzioni che «accoglievano i musicisti», quindi erano probabilmente colme dello spirito del jazz e mantenevano un ritmo sicuro. Lui stesso si sforzava di fondersi con la scenografia in modo da non attirare l'attenzione, e per quanto uno tendesse le orecchie, non riusciva a cogliere bene le caratteristiche della sua chitarra.

Di tutti i suoi dischi, quello che a me piace di piú è *Bixieland* (in cui suona i brani piú famosi di Bix Beiderbecke). La performance di Condon è stupenda, e anche le note di copertina – divertentissime – le ha scritte lui. Ad esempio, nell'elenco dei componenti della band cita Bud Freeman, di cui dice che è *utterly silent*, che sta in silenzio perfetto:

M. Wada 2000

«In realtà Bud Freeman non era presente, quella sera era esiliato in un altro locale. Tuttavia, vedere sulla copertina il suo nome fu una vera gioia. Soprattutto per Bud».

Dice anche che quella volta nello studio c'era un prete, don Chivas Regal: «Grazie alla sua presenza si creò un'atmosfera di intimità, e tutti l'accolsero con grande calore. Ovviamente, suonammo bevendo tutti insieme whisky scozzese».

Di solito piazzava nella *front line* dei musicisti esperti con cui aveva familiarità, e faceva quel genere di performance levigata, di alto livello, che gli era abituale. In quanto *chairman* di registrazione aveva di sicuro molto tatto. Ma non solo: da un capo all'altro dell'esecuzione si sente un sentimento di affettuoso rispetto da parte di ogni singolo musicista nei confronti di Bix, e quell'atmosfera intima infonde una grande dolcezza nel cuore di chi ascolta.

Le persone che prendono sul serio la musica di Bix, probabilmente troveranno da ridire su quest'album. Perché non vi troveranno quella spasmodicità di un certo genere che gli era tipica. Diranno forse che è «di umore troppo allegro». Questo in una certa misura lo riconosce anche Condon. «Noi non avevamo intenzione di imitare Bix», dice. I membri della band si sono riuniti per ricordare Bix, e hanno suonato la sua musica per gioirne.

«In ogni caso, non ho intenzione di chiedere scusa a nessuno, e la stessa cosa vale per don Chivas Regal». Forse anche noi, con l'aiuto di don Chivas Regal, senza lanciarci in discorsi difficili, dovremmo semplicemente gioire della musica di quest'album.

EDDIE CONDON (1905-1973)

Nasce nell'Indiana. A diciassette anni debutta come professionista suonando il banjo. Negli anni Venti a Chicago, come leader di giovani musicisti, si esibisce in famose performance che verranno chiamate *Chicago style*. Nel '28 si sposta a New York. Si cimenta nella chitarra e nella composizione, ma ottiene anche ottimi risultati come promotore di concerti per la radio. Nel '45 apre il proprio club. Avrà un tale successo di pubblico che qualche anno piú tardi condurrà un proprio programma televisivo.

Bixieland (Columbia CJ 719).

Jackie & Roy

Jackie Cain e Roy Kral, una coppia di vocalist belli e di talento, conquistarono una generazione. Crearono una musica metropolitana elegante, limpida, densa dello spirito del jazz. Sarà difficile trovarvi l'ombra di quell'angoscia che pervade fortemente la musica nera, con cui non hanno legami. Però posseggono un'originalità che non si troverà altrove, e una fresca vitalità che si può raccogliere a piene mani.

Io amo i cori jazz, quindi ho diversi dischi di Jackie & Roy, e li ho a lungo ascoltati tutti con amore. I due cantano veramente bene (soprattutto mi affascina la bellezza naturale della voce di Jackie), la tecnica è sopraffina, gli arrangiamenti di Roy sono astuti... Di conseguenza tutti i loro album valgono la pena di essere ascoltati, non ce n'è uno che ci lasci perplessi. Sono apprezzabili sia quelli registrati nella seconda metà degli anni Quaranta – quando Jackie e Roy erano dei vocalist *bop* giovani e dalla mente aperta, all'epoca della band di Charlie Ventura –, sia quelli eleganti e raffinati incisi per la Columbia.

Se dovessi però sceglierne uno, opterei senza esitazione per i due Lp che incisero verso la metà degli anni Cinquanta per il marchio Storyville. È una registrazione efficace, piena di energia, che risale all'epoca in cui si erano appena sposati ed erano entrati a far parte della band di Ventura come duo vocalist. La loro mancanza di sofisticazione e la loro maturità musicale si fondono magnificamente, la qualità è altissima senza cadere nella rigidità, insomma, è musica per adulti.

M. Wada 2000

Le otto canzoni raccolte in questo 10 pollici, *Storyville Presents Jackie & Roy*, sono accompagnate da Joe Morello alla batteria e da Bill Crow al basso. Joe e Bill all'epoca (era il 1955) erano membri regolari del trio di Marian McPartland, che suonava ogni sera all'Hickory House di New York. Quando Roy Kral li ascoltò ne rimase affascinato, volle assolutamente fare qualcosa con loro e li portò direttamente allo studio di registrazione. Kral stesso si mise al piano, mentre il bravo Barry Galbraith, in via eccezionale, suonò la chitarra con tecnica leggera e artigianale. Strumenti a fiato non ce n'erano, una *rhythm section* davvero prodigiosa. Un feeling perfetto, senza tira e molla, come se avessero suonato insieme da sempre. In particolare in *Thou Swell* e *Season in the Sun* le spazzole manovrate con abilità da Morello, che si sentono dietro le voci allegre e briose di Jackie e Roy, danno la piacevole sensazione di un vento che attraversi i campi.

Questa ben nota arte di Morello raggiunge il punto piú alto in *Hook, Line and Snare* (composta da Roy Kral). Qui i ruoli vengono scambiati, Jackie e Roy cantano in sottofondo, per accompagnare l'assolo di Morello, creando un coro non convenzionale, con uno *scat* particolare.

Ogni volta che ascolto questo disco, finisco sempre col provare di nuovo ammirazione e rispetto nei confronti degli americani (o forse dovrei limitarmi a dire dei newyorkesi) che hanno prodotto quotidianamente, senza sforzo, una musica di cosí alto livello e dalla tecnica tanto raffinata, e anche nei confronti di quell'epoca speciale.

JACKIE & ROY

Duo vocale formato da Jackie Cain, nata nel 1928 nel Wisconsin, e da Roy Kral, nato nel 1921 nell'Illinois. I due, che si incontrano a Chicago nel '46, entrano a far parte del *combo* di Charlie Ventura e formano un duetto brioso e affiatato che ottiene molto successo. Nel '48 si sposano, nel '49 creano il loro marchio, Jackie & Roy, diventando cosí una coppia affiatata sia in pubblico che in privato. Tra i loro grandi successi ricordiamo *Jackie & Roy* e *The Glory of Love*.

Storyville Presents Jackie & Roy (Storyville LP 322 10 inch).

Art Pepper

In quello strumento musicale che è il sax alto, si sente l'ombra di un certo genere di frustrazione. Per esprimermi con piú precisione, si crea uno sfasamento, una discrepanza tra quello che dovrebbe esserci e quello che in realtà c'è. Forse è qualcosa di congenito alla struttura dello strumento (non avendo mai suonato un sassofono, è solo una mia fantasia), ma si ha l'impressione che il «recipiente» sax alto non riesca a contenere tutte le informazioni musicali che il musicista si dipinge nella mente, e che quelle in sovrappiú tracimino dai bordi e cadano...

Questa frustrazione a volte si trasforma, alla lettera, in irritazione, e a volte in un incolmabile senso di mancanza. A meno che entrambe le sensazioni non convivano allo stesso tempo. Questo genere di rischio e di urgenza, non lo troverete nel sax tenore. Il sax tenore, in confronto al sax alto, bene o male che sia, è autosufficiente, determinato, e sta su un terreno molto piú stabile.

Quando si mette a fuoco quest'aspetto «rischioso e urgente» del sax alto, che vi piaccia o meno, ecco che emerge l'immagine di Art Pepper. Nessun altro musicista è riuscito a incarnare, a fondere in un unico fenomeno musicale un modo pericoloso di usare lo strumento, quasi fosse una lama vivente, e quello che c'era dietro, la dolcezza di un paradiso artificiale. Se Charlie Parker è un angelo con ali miracolose, Art Pepper è un angelo deforme con un'ala sola. Lui sa come si devono battere le ali. E sa qual è la sua meta. Però il suo batter d'ala non lo porta nel luogo promesso.

M. Wada 2003

Non ho mai sentito Art Pepper dal vivo, ma quando ascolto i numerosi album che ha inciso, trovo che in tutti ci sia, coerentemente, quasi un'esasperazione che si può definire autolesionista. «Io sto producendo questo suono, ma quello che vorrei produrre è qualcos'altro», ci grida Pepper. Nelle sue performance, anche nelle migliori, l'atmosfera è tale che sembra debba scagliare il suo strumento contro il muro appena terminato un assolo. Per quanto possiamo amare le performance di Art Pepper, non riusciamo a ricordarne nemmeno una, fra quelle che ha registrato, in cui lui si abbandoni felice alla musica. Angelo degenerato e sincero, creava la sua musica consumando la propria carne. E il sax alto era lo strumento che meglio gli si confaceva.

È difficile scegliere un pezzo fra quelli che ci ha lasciato. Personalmente però opterei per *Straight Life*, che è compresa nell'album *Art Pepper Meets the Rhythm Section*. Accompagnato dalla formazione di Miles Davis, Art Pepper interpreta con estrema maturità gli accordi di *After You've Gone*. In questo breve pezzo di tre minuti e cinquantotto secondi, dà l'impressione di voler mettere nella sua performance ogni cosa di se stesso. Di continuare a gridare: «Non basta, non basta!»

ART PEPPER (1925-1982)

Nasce in California, ed è considerato il migliore sax alto della West Coast. Nel '43 entra a far parte dell'orchestra di Stan Kenton. Nel '52 si stacca dall'orchestra. Nell'album *Surf Ride*, i suoi assolo, carichi dell'energia caratteristica di quell'epoca, sono magnifici. A causa della tossicodipendenza deve interrompere spesso l'attività professionale, e passa un lungo periodo in un centro specializzato di recupero, ma negli anni Settanta rinasce dalle sue ceneri. È anche interessante paragonare le sue tarde performance piene di profondità con quelle registrate intorno alla metà degli anni Cinquanta, che sono considerati i suoi anni migliori. Fece diverse tournée anche in Giappone.

Art Pepper Meets the Rhythm Section (Contemporary C-3532).

Frank Sinatra

Quasi tutti i cantanti piú famosi d'America, con poche eccezioni, venivano dalle big band. Billie Holiday e Jimmy Rushing da quella di Count Basie, Peggy Lee da quella di Benny Goodman, June Christie da quella di Stan Kenton, e infine Frank Sinatra si fece un nome con la band di Tommy Dorsey. Dopo la Seconda guerra mondiale, tuttavia, le grandi orchestre cominciarono a perdere popolarità e i cantanti, uno dopo l'altro, si resero indipendenti e si misero a lavorare come free lance. In molti casi scelsero di accompagnarsi, anche per ragioni economiche, a piccoli *combo*.

Il ruolo principale che svolsero le big band all'epoca della loro maggior fortuna, fu quello di far danzare un gran numero di persone. Anche l'esigenza di assicurarsi un cantante fisso, era dovuta alla funzione organica che questi svolgeva nella musica da ballo. Insomma, era necessario per far danzare fisicamente la gente. Ma i cantanti che lasciavano le big band, piú che a questo ruolo, aspiravano a dar voce a una musica indipendente, e anche il pubblico, che aveva ricevuto il battesimo del *bebop*, cominciò ad apprezzare quei cantanti jazz di ultima tendenza che non erano «ballabili». Il jazz smise di rivolgersi alle grandi masse, gradualmente venne adottato dalla classe intellettuale e prese la forma di un'arte raffinata.

Solo Frank Sinatra, anche dopo che le big band ebbero calato il sipario, procedette da solo per la sua strada, e senza badare alle tendenze e agli intellettuali, continuò a interpretare con coerenza musica che faceva ballare gli uo-

M. Wada 97

mini e le donne del mondo intero. E nella maggior parte dei casi era accompagnato da grandi orchestre di successo. Insieme alle ottime band di Nelson Riddle e di Billy May, cantava con magnanimità, in maniera danzabile, come gli veniva spontaneo, bei motivi orecchiabili. Si esibiva in vaste *concert hall*, gli piacevano i ristoranti con palcoscenico di Las Vegas. Non mi viene in mente nessun altro cantante che abbia avuto convinzioni (o una visione del mondo) tanto chiare. Naturalmente, essendo una delle piú famose star del mondo, poteva fare quello che gli pareva. In ogni caso, da parte mia sento l'obbligo di applaudire qualcuno che ha seguito senza esitazioni la propria strada con tanta perseveranza.

Le sue performance piú rappresentative naturalmente bisogna cercarle fra quelle incise nel periodo in cui lavorava per la Capitol. Canzoni gustose e spontanee, splendidi arrangiamenti costosi, fresca fiducia in sé rispetto allo *swing*… ogni interpretazione è di prim'ordine. Insomma, Frank Sinatra è qualcuno che in ogni canzone ha messo quel suo talento particolare che sembrava tenere in tasca, cosí, senza fare il minimo sforzo. Fra i suoi numerosissimi album, quello che personalmente preferisco è l'Lp *Swing Easy and Songs for Young Lovers*, che da un lato riunisce canzoni che risentono dell'influenza dello *swing*, dall'altro ballate gentili. Sono brani che vanno ascoltati con rispetto, in silenzio – e possibilmente non su Cd, ma su quei vecchi dischi in vinile che si mettono sul piatto del giradischi –, soprattutto per il buon gusto del lato «ballate» e l'emozione profonda che vi è contenuta. Sono come una raccolta di racconti che ci tengono incollati alle pagine dalla prima riga.

FRANK SINATRA (1915-1998)

Nasce nel New Jersey, da genitori italiani. Vuole diventare cantante dalla prima volta che ascolta Bing Crosby, e nel '35 debutta come professionista. Lavora con le orchestre di Harry James e Tommy Dorsey, poi nel '42 si stacca e lavora in modo indipendente. Ottiene un grande successo di pubblico grazie alla sua voce melodiosa e alla sua capacità espressiva piena di discernimento. Nel '53 il suo *South of the Border* diventa un *million seller*, e sempre nel '53 riceve l'Academy Award per il miglior attore non protagonista per la sua interpretazione nel film *Da qui all'eternità*. Nel '61 fonda la sua casa discografica Reprise Records.

Swing Easy and Songs for Young Lovers (Capitol W-587).

Gil Evans

Nella musica di Gil Evans c'è una limpida acutezza che fa pensare alla luce dei paesi del Nord. Può darsi che il fatto di essere nato in Canada abbia in una certa misura influenzato la sua grande capacità di orchestrare la musica. Oppure è soltanto una questione di carattere, considerato che anche Oscar Peterson era nato in Canada. In ogni caso, Gil Evans per tutta la vita occupò un angolo della scena del jazz nel ruolo di un individualista elegante che non conosceva compromessi. Si può sprofondare nell'ascolto della musica che ci ha lasciato senza mai stancarsi. C'è in essa il senso della scoperta e della gioia. Perché, per quanto la si ascolti, non vi si troveranno cliché. Io non sono un esperto in materia di tecnica dell'arrangiamento, ma immagino che preparare con tanta cura un brano richieda davvero un sacco di tempo. Nulla di sorprendente che Gil fosse anche noto per questa sua attività.

Dal '41 al '48 Gil Evans lavorò come arrangiatore per l'orchestra di Claude Thornhill (una big band che mi piace moltissimo), e propose degli arrangiamenti sorprendentemente innovativi per l'epoca. Ancora oggi ci danno una sensazione di novità. In seguito fece la conoscenza di Miles Davis e curò per il suo album *Birth of the Cool* i brani *Moon Dreams* e *Boplicity*. Tuttavia il suo nome divenne famoso fra gli appassionati di jazz da quando Miles iniziò a lavorare esclusivamente per la Columbia Record, propose Gil come suo arrangiatore e insieme curarono dall'inizio alla fine l'edizione di diversi album. Soprattutto nel suono

M. Wada 2003

pieno di tensione di *Sketches of Spain* e *Porgy and Bess* c'è una risonanza prodigiosa che dà un colore completamente nuovo al suono del jazz. La tromba di Miles fa a pezzi il muro sonoro che costruisce Gil. Ma lo *score* di Gil non si muove, non trema, resiste ben saldo. La loro intesa a quel punto è davvero straordinaria, tanto che ogni volta che li ascolto mi viene spontaneo fare un sospiro. Due ego, due individualità si affrontano in questi brani in maniera inquietante e bellissima.

Gil Evans ci ha lasciato moltissime opere eccellenti firmate da lui, ma stranamente, quando sento il suo nome, mi viene in mente questo *Dream of You* in cui ha lavorato con Helen Merrill. Lo ha inciso nel '56, quando era ancora relativamente poco noto, un anno prima di essere chiamato da Miles Davis alla Columbia e registrare con lui *Miles Ahead*. Tuttavia in questo suono *cool* in cui ha travasato i colori di quando lavorava con Claude Thornhill, in questo suono di buon gusto che riscalda il cuore, c'è anche qualcosa che dà i brividi (perlomeno a me). È un album che ascolto da trent'anni, tanto che ormai è tutto rovinato, ma mi succede ancora spesso di metterlo sul piatto del giradischi. Il brano migliore è *Where Flamingos Fly*.

GIL EVANS (1912-1988)

Nasce a Toronto. Nel '27 fa conoscenza col mondo del jazz ascoltando Louis Armstrong e Duke Ellington. Dal '41 nell'orchestra di Claude Thornhill impara a padroneggiare il vibrato e si dedica all'editing musicale. Miles Davis, che ammirava il talento di Gil, lo chiama a lavorare con lui all'album *Birth of the Cool*. In seguito i due creeranno insieme numerosi dischi di *modal jazz*. Gil allargò il suo mondo al *free jazz* e al rock, raggiungendo cosí una posizione unica sulla scena del jazz.

Helen Merrill with Gil Evans Orchestra. Dream of You (Mercury/Nihonvictor SMX-7101).

Postfazione

Un giorno, per caso, sono rimasto affascinato dal jazz, e da allora ne ho fatto un compagno di vita. Per me la musica è molto importante, da sempre, ma si può dire che di tutta la musica, il jazz occupi una posizione particolare. Per un certo periodo ha costituito addirittura il campo in cui lavoravo.

Tuttavia, anche per questo motivo, di solito trovo faticoso scrivere di jazz. Perché è qualcosa di troppo intimo, e quando inizio a pensare a cosa posso dire, a fin dove posso spingermi… insomma, il mio stato d'animo a poco a poco si incupisce.

Quando però Wada Makoto mi ha mostrato alcuni dei suoi ritratti di musicisti, ho subito pensato: «Sí, certo, su questi posso scrivere qualcosa». Guardando i disegni di Wada, quell'elemento simile a una melodia di cui erano pervasi è subito affiorato alla mia mente, dandomi l'impressione che bastasse trasferirlo cosí com'era sulla carta per realizzare il lavoro. Cosí sono riuscito a scrivere con grande spontaneità e grande gioia. Insomma, prima sono venuti i disegni, dopo io ci ho aggiunto i testi, un ordine di produzione che nel caso di questo libro ha funzionato benissimo.

Quello che soprattutto ho ammirato, è il modo in cui Wada ha selezionato i suoi musicisti, solo qualcuno che ama davvero il jazz poteva fare una scelta del genere. Anche sotto questo aspetto, c'era fra noi una straordinaria consonanza. Keith Jarrett e John Coltrane non fanno parte della lista (in compenso ci sono Bix e Teagarden), ma vi prego di considerare quest'assenza un aspetto terribilmente raffinato del libro.

In occasione della pubblicazione in formato tascabile, ho aggiunto Art Pepper, Frank Sinatra e Gil Evans. Una specie di bonus, diciamo.

MURAKAMI HARUKI

Nel '92 ho fatto il ritratto di alcuni *jazzmen*, e li ho esposti in una personale cui ho dato il titolo *Jazz*. Nel '97, per l'esposizione *Sing*, ho disegnato altri venti musicisti. E lo stesso ho fatto nel '99 con *Jazz 2*.

I soggetti li ho scelti soltanto seguendo il mio gusto personale. In questo caso, il «gusto» era costituito da due componenti: 1) che una persona mi piacesse per come suonava (o cantava), 2) che la trovassi interessante e piacevole da disegnare. Cosí ho scelto i musicisti che rispondevano a entrambi i criteri.

Nel secondo volume di *Portrait in Jazz* sono stati aggiunti sei musicisti a quelli ritratti nella mostra *Jazz 2*.

Lavorare con Murakami Haruki a un libro è stata per me una grande gioia. Non conosco nessun altro che, pur non essendo un critico musicale professionista, sia in grado di descrivere con tanta chiarezza i sentimenti che si provano quando si ascolta il jazz e l'energia che il jazz possiede. Io personalmente non ho la capacità di esprimere verbalmente la musica, ma leggendo le parole che le mie illustrazioni hanno ispirato a Murakami, mi rendo conto che coglie nel segno, che anche io, ascoltando tale o tal altro musicista, ho provato le stesse sensazioni.

So che Murakami, prima di iniziare a scrivere su un musicista, aveva già ascoltato diversi suoi dischi. Anche io, prima di terminare il ritratto di qualcuno, ascoltavo le sue performance. Guardare soltanto la fotografia non mi bastava. Pur se avessi colto la somiglianza del volto, se volevo trovare qualcosa in piú avevo bisogno dell'aiuto della musica. E, già che ci sono, devo ammettere che anche io la ascolto solo su Lp in vinile.

Nel primo volume di *Portrait in Jazz* ho illustrato soltanto *jazzmen* ormai deceduti. In *Portrait in Jazz 2* questa limitazione non c'è, però alcune persone che all'epoca erano ancora vive, nel frattempo sono scomparse.

Riguardo al «bonus», l'illustrazione di Frank Sinatra l'ho fatta per l'esposizione *Sing*. Quelle di Art Pepper e di Gil Evans, per questo libro.

WADA MAKOTO

La colonna sonora di questo libro

Chet Baker: *Chet Baker Quartet* (Pacific Jazz PJLP-3)

Benny Goodman: *Benny Goodman presents Eddie Sauter Arrangements* (Columbia CL-523)

Charlie Parker: *Bird and Diz* (Verve MGV-8006)

Fats Waller: *Herb Geller Fire in the West* (Jubilee JGM-1044)

Art Blakey: *Les Liaisons Dangereuses* (Epic LA-16022)

Stan Getz: *At Storyville Vol. 1* (Roost LP-2209)

Billie Holiday: *The Golden Years* (Columbia C3L21)

Cab Calloway: *Chu Berry and His Stompy Stevedores with the Cab Calloway Orchestra. «CHU»* (Cbs/Sony SOPL-123)

Charles Mingus: *Pithecanthropus Erectus* (Atlantic 1237)

Jack Teagarden: *Bobby Hackett and His Jazz Band. Coast Concert* (Capitol T-692)

Bill Evans: *Waltz for Debby* (Riverside RS - 9399)

Bix Beiderbecke: *Bix Beiderbecke 1927-1929* (Cbs/Sony 20ap-1804)

Julian Cannonball Adderley: *Cannonball Adderley Live!* (Capitol ST-2399)

Duke Ellington: *In a Mellotone* (Rca LPM-1364)

Ella Fitzgerald: *Ella and Louis Again Vol. 2* (Verve MGV-4018)

Miles Davis: *«Four» & More* (Columbia CL-2453)

Charlie Christian: *Charlie Christian Memorial Album* (Cbs/Sony 56AP-674-6)

Eric Dolphy: *Out There* (Prestige / New Jazz 8252)

Count Basie: *Basie in London* (Verve MGV-8199)

Gerry Mulligan: *What Is There to Say?* (Columbia CL-1307)

Nat King Cole: *After Midnight* (Capitol W-782)

Dizzy Gillespie: *At Newport* (Verve MGV-8242)

Dexter Gordon: *Homecoming* (Columbia PG)

Louis Armstrong: *A Portrait of Louis Armstrong 1928* (Cbs/Sony 20AP-1466)

Thelonious Monk: *5 By Monk By 5* (Riverside RLP-1150)

Lester Young: *Pres and Teddy* (Verve MV-2507)

Sonny Rollins: *The Bridge* (Rca Victor LPM-2527)

Horace Silver: *Song for My Father* (Blue Note BST-84185)

Anita O'Day: *Anita O'Day at Mister Kelly's* (Verve MGB-2113)

Modern Jazz Quartet: *Concorde* (Prestige 7005)

Teddy Wilson: *Mr Wilson. The Fabulous Teddy Wilson at the Piano* (Columbia CL748)

Glenn Miller: *Music Made Famous by Glenn Miller. Silver Jubilee Album* (Warner Bros. WS1468)

Wes Montgomery: Full House (Riverside RLP12-434)

Clifford Brown: *Study in Brown* (EmArcy MG-36037)

Ray Brown: *Barney Kessel with Shelly Manne and Ray Brown. The Poll Winners* (Contemporary C-3535)

Mel Tormé: *¡Olé Tormé! Mel Tormé Goes South of the Border with Billy May* (Verve MGV-2117)

Shelly Manne: *Shelly Manne & His Men At The Black Howk Vol. 1* (Contemporary M3577)

June Christy: *Duet* (Capitol T656)

Django Reinhardt: *Djangology* (Rca RGP-1186)

Oscar Peterson: *Norman Granz Jazz at the Philharmonic Vol. 16* (Clef MG-VOL.16)

Ornette Coleman: *Town Hall, 1962* (Esp-Disk 1006)

Lee Morgan: *The Sidewinder* (Blue Note BST-84157)

Jimmy Rushing: *Little Jimmy Rushing and the Big Brass* (Columbia CS-8060)

Bobby Timmons: *Art Blakey and the Jazz Messengers. A Night in Tunisia* (Blue Note BST-84049)

Gene Krupa: *Gene Krupa Plays Gerry Mulligan Arrangements* (Verve MGV-8292)

Herbie Hancock: *Maiden Voyage* (Blue Note BST-84195)

Lionel Hampton: *You Better Know It!!!* (Impulse A-78)

Herbie Mann: *Windows Opened* (Atlantic SD-1507)

Hoagy Carmichael: *V-Disc Cats Party / Volume One Featuring Hoagy Carmichael etc.* (Elec KV-115)

Tony Bennett: *The Ralph Sharon Trio. The Tony Bennett Song Book* (Columbia CL-2413)

Eddie Condon: *Bixieland* (Columbia CJ 719)

Jackie & Roy: *Storyville Presents Jackie & Roy* (Storyville LP 322 10 inch)

Art Pepper: *Art Pepper Meets the Rhythm Section* (Contemporary C-3532)

Frank Sinatra: *Swing Easy and Songs for Young Lovers* (Capitol W-587)

Gil Evans: *Helen Merrill with Gil Evans Orchestra. Dream of You* (Mercury/Nihonvictor SMX-7101)

Indice

Stampato per conto della Casa editrice Einaudi
presso ELCOGRAF S.p.A. - Via Mondadori, 15 - Verona
nel mese di ottobre 2013

C.L. 21705

Ristampa								Anno			
0	1	2	3	4	5	6		2013	2014	2015	2016

Frontiere Einaudi

Orhan Pamuk, *Altri colori*
Atul Gawande, *Con cura*
Kate Summerscale, *Omicidio a Road Hill House*
Enzo Bianchi, *Il pane di ieri*
Martin Amis, *Il secondo aereo*
Cynthia Saltzman, *Ritratto del dottor Gachet*
Jonathan Littell, *Il secco e l'umido*
Philip Gourevitch e Errol Morris, *La ballata di Abu Ghraib*
Murakami Haruki, *L'arte di correre*
Benedetta Tobagi, *Come mi batte forte il tuo cuore*
E. Lucas Bridges, *Ultimo confine del mondo*
Richard Mabey, *Natura come cura*
José Saramago, *Quaderni di Lanzarote*
Aatish Taseer, *Straniero alla mia storia*
Giorgio Ficara, *Riviera*
Linda Colley, *L'odissea di Elizabeth Marsh*
Tahar Ben Jelloun, *Marocco, romanzo*
Umberto Veronesi, *Dell'amore e del dolore delle donne*
Jonathan Littell, *Cecenia, anno* III
Enzo Bianchi, *Ogni cosa alla sua stagione*
Thomas Geve, *Qui non ci sono bambini*
Adriana Zarri, *Un eremo non è un guscio di lumaca*
Jane Robins, *Il magnifico Spilsbury*
Laurent Binet, *HHhH*
Least Heat-Moon, *Le strade per Quoz*
Robert Macfarlane, *Luoghi selvaggi*
Atul Gawande, *Checklist*
AA.VV., *Menti criminali*
Chiara Frugoni, *Storia di Chiara e Francesco*
Dileep Padgaonkar, *Stregato dal suo fascino*
Orhan Pamuk, *Romanzieri ingenui e sentimentali*
Richard Davenport-Hines, *Lo spettro del ghiaccio*
Agata Tuszyńska, *Wiera Gran*

Elif Batuman, *I posseduti*
John Vaillant, *La tigre*
Julio Cortázar e Carol Dunlop, *Gli autonauti della cosmostrada*
Kate Colquhoun, *Il cappello di Mr Briggs*
Jonathan Franzen, *Piú lontano ancora*
Orhan Pamuk, *L'innocenza degli oggetti*
Kate Summerscale, *La rovina di Mrs Robinson*
Daniel Del Giudice, *In questa luce*
Paul French, *Mezzanotte a Pechino*
Nadia Fusini, *Hannah e le altre*
Angelo Ferracuti, *Il costo della vita*
Philip Hoare, *Leviatano*
Nuto Revelli, *Il popolo che manca*
Robert Macfarlane, *Le antiche vie*